Este libro está escrito, editado y elaborado por la respectiva autora, por lo que queda totalmente **PROHIBIDA** su venta en cualquier plataforma.

ES UNA HISTORIA FICTICIA.

LOS PERSONAJES Y LUGARES DENTRO DE ESTA HISTORIA FUERON CREADOS BAJO MI MANDO.

LOS HECHOS AQUÍ MOSTRADOS NO PRETENDEN MOSTRAR ACTIVIDAD REALISTA.

CUALQUIER ADAPTACIÓN SERÁ DEMANDADA.

© Laki Molina, 2021.

© Amazon, 2021.

© Laki Molina, por las ilustraciones .

© Stefany, modelo de la portada.

© Erick, modelo de la portada.

Primera edición

ÍNDICE

PRÓLOGO

<<Pueblo pequeño, infierno grande.>>

¿Han escuchado esa frase?

Contiene muchas interpretaciones, pero aquí, en Herlic.

La palabra "Infierno" es más que una palabra, es la realidad que se vive, el temor de todos los habitantes; habitantes que no pueden huir.

Antes no era una realidad, hasta que llegó esa chica.

¿Cómo se llamaba?

Ah sí, Lexei Ray.

¿Quién lo diría, no?

Una simple humana logró dar con la realidad que se ocultaba tras años.

Washington, en las afueras del Condado de Grays Harbor.

HERLIC.

Mis pies descalzos empiezan a sentir la humedad de aquel líquido desconocido que se esparce en el suelo. El olor es repugnante pero me aferro a mi mano derecha que cubre con mucha presión mi nariz, inclusive mi boca para no emitir sonido alguno que me haga ser detectada. No veo nada, ni siquiera una pisca de luz, solo escucho cada golpe, siento cada salpicadura en mis pies.

¿Cómo no me han notado? O yo soy lo suficientemente inteligente o ellos son lo suficientemente estúpidos. Pero, ¿cómo entre aquí? Les cuento.

Soy una metiche chismosa que mete su nariz donde no la llaman y por curiosear estoy entre la vida y la muerte. Qué tonta, ¿no?

En los periódicos saldrán reportes que digan:

Joven de diecinueve años de edad es encontrada sin vida en un basurero debido a ser una entrometida.

¿Les conté que también soy lo suficientemente dramática para recrear escenas que posiblemente no sucedan?

Bueno, hablando en esta situación si es una posibilidad. Al rato y me arranquen la cabeza y la pongan de advertencia para todos aquellos curiosos como yo que tratan de buscar respuestas y entran al lugar donde posiblemente perderán la vida. Los golpes cesaron y dejé de pensar en mis tonterías. Me centré precisamente en las voces fuera de donde me ocultaba.

Escuché pasos de un lado hacia otro, luego escuché más cerca los sonidos, respiraciones pesadas e incontrolables. — ¡Necesito más! ¿No lo entiendes?. — una voz muy conocida se hizo presente en ese lugar.

— Debes parar, no puedes hacer lo que se te da la gana sólo porque ya eres Hemaira. — una voz aún más exigente, fuerte y audaz le dio respuesta al chico.

Un golpe fuerte contra alguna madera resonó.

— Necesito esa bebida que prepara Beniamín, es la única que me hace controlar la sed. ¡Tráeme una! ¡Ahora! — exigía como si tuviera poder alguno sobre la otra persona.

¿Hemaira?

¿Bebida?

¿Beniamín?

Aquellas palabras en definitiva eran confusas para mí. Escuché como una puerta se cerró y un suspiro pesado se liberó. Sentía algo en mi brazo, de seguro era una de las prendas que rozaban con mi piel. Toqué exactamente ahí y…

¡Algo peludo!

Grité, un grito de espanto salió de mi ser y abrí las puertas del armario con todas mis fuerzas, con los ojos bien apretados y dando vueltas por todo lado tratando de quitarme aquella cosa. Abrí mis ojos lentamente buscando la cosa en el suelo y…

¡Una araña!

Grité aún más cuando de repente, un pie destripó aquella araña con fuerza. Levanté un segundo mi vista.

Soy.

Una.

Estúpida.

Salí del armario.

¡Por una araña!

Y ahora, estaba frente al ases…

Yo misma silencié mis pensamientos al verlo.

— ¿Anker?.— pregunté, atónita con aquel ante mi vista.
— No tienes idea en el infierno en el que has entrado, Ray.— negó varias veces con una sonrisa burlona en su rostro.

Y efectivamente, mi infierno…

EPISODIO 1
El comienzo de todo.

No logro interpretar la mentalidad de las personas, su forma de razonar o la perspectiva desde que punto ven las cosas. Por ejemplo, mis padres. Es que quien estuviera en mi lugar se volvería loco, tratando de razonar y hacerlos entender.

— Pero los mitos son sólo eso, mitos. — mamá sostenía su cara angustiada.
— No son solo mitos, este lugar es terrorífico. — murmuraba papá mientras manejaba alrededor del pueblo, conociendo.

Papá tiene su propio negocio, una ferretería. Mamá es modista. No tan reconocida pero gente con fortuna ha llevado sus trajes. Se nos hacía muy fácil cambiar de ciudad, anteriormente vivíamos en Florida. Y cuando digo anteriormente me refiero a hace unos días.

¿Por qué?

Bueno, a mamá se le ocurrió la brillante idea de vivir en un pueblo lejano de la ciudad. Porque es más barato, la alacena se consigue a un mejor precio y las compras son más abundantes al ser un pueblo con poca distribución. Papá investigó mucho el lugar, le llevó dos meses buscar una casa aquí. Pero la consiguió. No era la gran cosa pero tenía sus ahorros, compró una casa grande de una planta que en su patio tenía una alberca grande y una mini casita de estar. El pueblo en sí, es pequeño, acogedor pero su aire no da buena espina.

¿Pasaremos comprando la cena? — le pregunté a mamá quien tenía su vista en el celular.

— No lo sé, ¿qué dices Richard?. — por encima de sus lentes miró a papá quien pocas veces le prestaba atención. — ¡Richard!.

— ¡Ah mujer! A veces no puedes guardar silencio por un segundo. — se quejó y su cara de inmediato fue de desagrado.

Yo decidí interrumpir. — ¿Habrá McDonald? — trataba de entablar conversación.

— Puede ser, aunque no lo he visto. — respondió mamá, viendo hacia el frente.

Son mayores, no les culpo su mal genio. Me tuvieron a una edad muy avanzada, papá tenía cincuenta años cuando embarazo a mamá de treinta y ocho años. O sea qué, papá tiene sesenta y ocho años y mamá tiene cincuenta y seis.

— Pasaremos a la ferretería, les dejaré dinero para que busquen algún taxi de vuelta después de hacer sus compras. — mamá asintió y papá estacionó su auto frente aquel lugar.

El local que había alquilado era mediano y justo para el negocio de la familia. Me bajé del auto y subí a la acera. Esperé a que papá abriera y nos adentramos en ella.

— Se ve mejor aquí que en Florida, querido. — le comentó mamá a papá. Él sólo le dio una afirmación en murmuro.

Me estresa la idea de escucharlos discutir. Salí de la ferretería para indagar más a fondo la cuadra y familiarizarme con el entorno. El día estaba soleado, pues claro. Estábamos en temporada de verano. Vi hacia el frente, había una fila repleta de personas que se dirigían hacia un cine. Para ser un pueblo pequeño, supongo que comprar tiquetes para entrar era todo un desafío de primera. Me gusta el lugar. Un choque en mi hombro borró por completo la visión tan perfecta que tenía sobre el lugar. — ¡Lo siento! — se disculpo, no me percaté que se le cayeron unas hojas.

Amablemente me coloqué de cuclillas para ayudarlo. Su cabello es rubio, con algunos mechones que escapan en su cara. Sus ojos grises chocaron con los míos a la misma altura. Nunca había visto unos ojos grises, ¿podrían ser lentes de contacto?

—		No te disculpes, andabas con prisa. — ojee por encima los papeles y era un currículum. — ¿Abb? — tartamudee un poco al pronunciar su nombre.
— Abbleigth. — mi mente aún no procesaba la palabra pero levemente me acostumbraba.
— ¿Vienes a pedir trabajo?. — le pregunté, como siempre, de preguntona y entrometida.

Lo pensó, me miró por un segundo y quitó su mirada de mí. — Si. — soltó, seco y sin siquiera tener la educación de mirarme.

— Es mi padre, quizá puedo ayudarte. — interesado, eso lo hizo mirarme enseguida con una chispa en sus ojos.
— ¿En serio?. — sus ojos se abrieron de par en par y yo asentí. — Me ayudarías mucho, no tienes idea lo que he tratado de conseguir trabajo aquí en Herlic. Me ha costado mucho porque soy muy joven y a los empleadores siempre requieren mínimo un año de experiencia pero sé aprender, puedo trabajar duro. — empezó hablar, súper rápido. — mi madre crió un hombre fuerte, debo cuidarle ¿sabes? Porque está enferma, papá es un alcohólico y mi hermano menor sólo piensa en follar chicas y fumar.

Hablé yo, sino, no iba callarse. — ¡Oh! Si que tienes una historia difícil amigo, ven. — lo tomé de la mano y lo llevé adentro con prisa. — ¡Papá! Él viene a conseguir trabajo aquí. — papá asomó su cabeza por encima de unos tablones y elevó sus ojos.

— ¿Tienes experiencia?. — él negó. — entonces no.

Su vista se fue hacia el suelo.

Elevé los ojos y suspiré. — Papá, tiene mi edad. Créeme que si yo consiguiera trabajo tampoco tendría experiencia en nada. Creo que deberías darle la oportunidad. — papá volvió asomar su cabeza.

— Te pondré a prueba sólo porque mi hija lo dijo.— él me miró emocionado. — ¿Cómo te llamas?.

Abbleigth.— era mi padre y tenía la misma cara de confundido que yo al inicio al escuchar su nombre.— me pueden decir Abb.— mencionó, al ver que todos lo miramos extraño.
— Bien Abb, inicias mañana a primera hora. Soy el señor Ray para ti y para todos.— Abb asintió emocionado y lo llevé afuera.
— ¡Muchas gracias! En serio, no tie…— cerró su boca y miró hacia atrás de mi, me quedé esperando que continuará pero tosió.— debo irme, mañana yo vendré.— se dio media vuelta y se fue, me desconcertó su despedida tan inesperada. Así que miré hacia atrás.

Un chico estaba justo detrás de mí, con una sudadera con capucha color negro. Unos vaqueros rasgados totalmente pegados a sus piernas. Su mirada era, aterradora, penetrante… Sus ojos, también eran grises. Tenía un cierto aire a Abb. Su postura me heló pero necesitaba saber quien era. — ¿Por qué Abb salió corriendo apenas te vio?.— oh si, Lexei entrometida siempre. Él no respondió, me dio la espalda y empezó a caminar con sus manos en la sudadera.— ¡Hey! Chico engreído, acabas de espantar al primer amigo que hago en este pueblo de mierda. Y aún así me das la espalda. ¡No! ¡Qué bonito día!.— saqué mi sarcasmo a flote y él se detuvo, dio la vuelta y me miró, de nuevo.

— Eres irritante y fastidiosa.— dijo, en un tono frío, perturbador, arrogante y misterioso.

Elevé mis ojos, era obvio que él me irritaba a mí desde que espantó al chico. — ¿Me conoces al menos?

— Desde afuera huele tu alma.— extrañamente en este pueblo todos son misteriosos y sus frases también.
— ¿Qué te pasa eh? ¿Te hizo daño mamá? ¿Por eso te la desquitas con la gente fuera de círculo social? Si es que acaso tienes círculo social porque a como luces y eres, no creo que tengas muchos amigos.— ¡bam!

Lexei 1

— No le hables a Abb, él no es como tú.— respondió y me sonrió, pero no
una sonrisa buena. Sino aquella sonrisa aterradora y forzosa que fingía
simpatía escondiendo un misterio atrás de ella.

— ¿Quién eres tú para decirme a mi a quién debo o no hablarle? ¿La reina
Isabel?. Porque ni ella podría controlar mi vida.— mis argumentos son
más estúpidos que yo misma.— Es más, ni mis padres pueden hacerlo.

Él empezó a reír.— Soy Anker, Lexei.— se sabía mi nombre.— Y estás en mi
territorio, no te acerques demasiado.— soltó y se subió a una motocicleta que
estaba al lado de la acera. Sólo me quedé mirándolo donde iba sin
responderle. Efectivamente que se supiera mi nombre me congeló.

— ¡Qué huevos tienes amiga!— una voz femenina me llamó la atención, mire
hacia atrás y estaba una chica pelirroja, con pequeñas pecas en sus
mejillas.— Nadie le había hablado así jamás a Anker, le temen.

Era simpática. Como Abb.— ¿Por qué le temen?.— pregunté desconcertada.

— Es un chico misterioso, nadie se le acerca. En clases, él se sienta solo y
nadie se atreve a tomar lugar a su lado.— en Florida, eso es un chico
rudo.
— ¿Por eso el chico que hablaba conmigo salió corriendo?.— arquee una ceja
y ella soltó una pequeña risa triste.
— ¿Abbleigth?— asentí.— él es su hermano mayor, le teme. No lo deja tener
amigos, creo que por eso es tan nervioso cuando alguien comparte
palabras con él.— maldito Anker, es su hermano y lo quiere aislar del
mundo.
— Soy Lexei, acabo de mudarme aquí.— ella extendió su mano y yo la
estreché.
— Soy Julia, y toda mi vida he vivido aquí.— me reí y ella siguió mi risa.

Sus mejillas marcaban los hoyuelos bien definidos, su piel pálida le hacía
contraste a su cabello.

— ¿Dónde vivías antes?— también le gustaba hacer preguntas.

Creo que aquí había una amiga única e igual a mi.

— Florida, mamá decidió mudarse a este pueblo que no me da buen aire. — resople mirando todo a mi alrededor, ella sonrió.
— Herlic no da buen aire y se ve algo misterioso, pero te aseguro que lo único raro aquí es Anker. — sus bromas eran buenas que una carcajada salió por mis labios. — Me la tiro de valiente aquí y frente a él me congelo. — negó repetidas veces aún sonriendo.

    ¿Vas a la secundaria? — indagué un poco más allá de lo que debía.
— Si, ¿ya hiciste la matrícula en el Instituto Diokles? — asentí, mamá me había mencionado ese instituto pero no recordaba su nombre. Hasta extraño se escucha. — Mañana es el inicio de clases, espero verte ahí. — me extendió una sonrisa de oreja a oreja.
— ¿Vives cerca de aquí?. — ella negó risueña.
— Estoy a unas cuadras de aquí, calle Lemper, ¿Aún no conoces allí? Es un barrio muy lindo.
— De hecho justo en esa calle está la casa que mis padres compraron. — ella abrió sus ojos emocionada.
— ¡Qué emoción! Tengo una amiga nueva. — estaba tan emocionada que me abrazó, me quedé quieta e inmóvil ante el tacto.

No soy una persona afectiva y las muestras de amor me hacen sentir incómodas. Quizá sea porque mis padres son resguardados. Por esa razón sigo virgen y nunca he tenido novio.

— ¡Lo siento! Me emocioné. — se disculpó sin perder su sonrisa. — ¿Nos vamos juntas? — me pregunta y yo asiento, no me haría mal caminar y así conozco más el lugar.
— Déjame avisarle a mis padres.

Me dirigí a avisarles, mamá no estaba convencida pero aceptó al final. Y papá me brindó dinero para que me comprara algo en el camino.

— ¿Por qué hay tanta fila en el cine? — me apresuré a preguntar antes de pasar la calle del cine.

— Hoy se estrena una nueva película, desconozco cuál sea pero siempre se
llena.— me respondió, tomó mi brazo antes de cruzar la calle.

Sonreí ante aquello. Las calles estaban pavimentadas, los locales estaban sobre
la cera de ladrillos. Algunos carros estaban parqueados sobre vía. Un vestido
en el mostrador de una tienda llamó mi atención, me detuve a describirlo
mejor. Era blanco, muy arriba de las rodillas con una abertura al lado
izquierdo casi que mostrando las pantis, el escote era abierto con perlas.
Estaba enamorada de un vestido y debía adquirirlo.

¿Se imaginan mi cuerpo ahí dentro?

Me caso conmigo misma.

Entré a la tienda, una campana sonó apenas abrí la puerta. Habían muchos
conjuntos, vestidos y zapatos en todas las paredes. Era una tienda de mujeres,
no de caballeros.

— ¿Se te ofrece algo?— arrogante, esa voz la reconocería en todo lugar.
— ¡Qué bien! ¡Lo que me faltaba!.— sarcásticamente hablé y él no se
inmutaba.
— ¿Se te ofrece algo?— volvió a preguntar, dejando de lado mi comentario.
— Ese vestido.— señalé el mostrador y él soltó una risa burlona.
— ¿Para ti?— me señaló y arquee una ceja, mirándolo mientras se reía.— No
te va, te verías rara.— abrí mi boca para hablar pero me interrumpió.—
No está a la venta.

De pronto cesó su risa y su mirada siniestra de nuevo me penetró, ¿cómo
podía cambiar de ánimo tan rápido? Lo detallé mejor, estaba sin su capucha.
Sus ojos eran grises, sus cabellos eran castaños, su piel era pálida, muy pálida.
Sus labios eran gruesos, carnosos. Su mandíbula estaba definida y
marcada. Su franela sin mangas dejaba al descubierto sus músculos
marcados. ¿Iba al gimnasio?

Estaba en forma, con razón Abb dijo que su hermano sólo pensaba en follar
chicas.

— ¿Te vas a quedar ahí viéndome mientras se te caen las babas?— mis
energías no fallan, eran egocéntrico.

— No todo gira a tu alrededor.— me limité a contestar.

— ¿Entonces porqué me diste un recorrido con tus ojos?— preguntó. Estaba serio, tenía ojeras.

— ¿Anker? ¿Qué haces aquí? ¿No tenías que ir con Beniamín hoy?— una señora de baja estatura salió por una puerta que había dentro de la tienda. Apenas notó mi presencia sonrió de oreja a oreja.— ¿Qué te dijo este muchacho? ¿Te atendió bien?— le sonreí victoriosa a Anker.

— No, de hecho se burló porque quería comprar ese vestido.— señalé el vestido en el mostrador y mi sonrisa cada vez se extendía más.— debería de ver bien el personal que contrata para laborar aquí.— ella me dio una sonrisa tierna y asintió.

— Es mi hijo, le pido disculpas por él. A veces no se controla.— ahora él sonrió victorioso, era su madre. Me quedé helada, no sé parecía en nada a él. No tenía ni un rasgo suyo.— pero venga, puede probarse el vestido si así lo desea.— yo asentí y la seguí sin quitar mi mirada de Anker.

No llevaba ni una hora de conocerlo y ya existía la rivalidad entre los dos. Pero como siempre, él es un tema irrelevante para mí. La mayoría de las personas creen que tienen alguna importancia en mi vida, pero no es así. Hasta mis padres son irrelevantes la mayoría del tiempo. Estoy concentrada más que todo en mí, en lo que vista, en cómo actuó. Muchas personas tienen la perspectiva de que soy un poco egocéntrica, pero no es así, solo ando en mi mundo y en él nadie ha logrado entrar.

Sólo él.

La única persona que logró descongelar una parte pequeña de mis sentimientos, pero desde que ya no está presente en mi vida volví a ser la misma chica poco afectiva y sin creencias en el amor.

— Eres nueva aquí, ¿cierto?— la voz de la señora me sacó de mis pensamientos, enseguida la miré.

—Si, recién me mude junto a mis padres.— la mirada de Anker estaba centrada en mi, como si leyera mis pensamientos, su rostro no inmutaba alguna emoción. Él sólo arqueo una ceja y salió de la tienda sin decir nada.

— Es un poco raro, siempre ha sido distante con todas las personas. No te
asustes.— empezó a contar la señora mientras bajaba el vestido.— las
personas piensan que los va asaltar o que cometerá algún crimen.— se rio
y yo le seguí el juego.— pero no es así, sólo es un chico que no le gusta
relacionarse con casi nadie. Se veía una chispa de tristeza en su mirada,
un poco de amor y decepción hacia su hijo.— ¡Pruébatelo!— lo tomé y fui
al vestidor.

Desabroche mi pantalón y lo deslice por mis pies, me quité la camisa por los
encima de mis hombros quedando en ropa interior. Tomé el vestido y me lo
empecé a colocar. Lo acomodé y miré al espejo.

¡Oh Dios mío!

¡Me queda fantástico!

Mis piernas quedan ajustadas a la perfección, la abertura en la pierna llega
hasta mis pantis sin dejarlos a la vista. Y mis pechos rellenan justo el escote.
No tenía la mejor figura que podría tener, pero estaba maravillada con este
vestido. Me lo quité y volví a colocarme mi ropa. Salí del vestidor. En un
mostrador la señora estaba tomando unos apuntes, levantó su mirada apenas
escuchó la puerta cerrarse.

— ¿Qué tal?— le sonreí alegremente.
— ¡Me lo llevó!— chillé emocionada y ella aplaudió.— ¿cuánto le debo?—
  ella buscó la etiqueta en el vestido.
— Cincuenta dólares con veinticinco centavos.— busqué el dinero que papá
  me entregó y lo pagué.

Ella lo empacó, y me lo entregó.— ¡Muchas gracias por tu compra!— me
agradeció y yo asentí. Salí de la tienda y Julia estaba justo allí esperándome.

— ¡Al fin! Me convertía en piedra.— hizo gesto dramático y me reí.— ¿Te
  enfrentaste a Anker de nuevo? Lo vi salir de la tienda.— comenzamos a
  caminar.
— Así es, olvidaste mencionarme que su madre era la dueña de la tienda.—
  era un detalle importante que pasó por alto.

— Te emocionaste tanto al ver el vestido que no me diste tiempo de decirte que la señora Blate era la dueña. — negó riendo.

— ¿Blate? ¿Anker y Abbleigth Blate? — ella asintió. — hasta su apellido es extraño.

— Espera a escuchar el de su padre. — la miré.

— ¿Cómo se llama?. — pregunté.

— Harkor, y su madre Abby.

— Al menos el de su madre es más común. — asintió.

Empecé analizar sus nombres, su padre se llama Harkor y su hijo menor Anker. Su madre se llama Abby y su hijo menor Abbleigth. Si nos ponemos a ver bien los nombres, el de su padre es similar al de su padre y el de Abbleigth es similar al de su madre.

¡Qué cool!

Necesitaba padres así, pero no quisieron darme ni una hermana. Me decían que conmigo tenían suficiente porque yo era muy berrinchosa aunque no les creo. Es poco probable porque actualmente soy una chica bien portada.

— ¿Compraste el vestido, cierto? — asentí levantando la bolsa. — lo puedes usar en la fiesta de inicio de clases. — arquee una ceja y la miré mientras nos deteníamos en la esquina a esperar que el semáforo peatonal nos diera el verde.

— ¿En el instituto hacen fiestas?. — ella soltó una carcajada y me miró.

— No, ¿cómo crees?. — empezó a reír más. Algo bueno de Julia era que nunca me cansaría de reír junto a ella. Es muy simpática. — la fiesta la hace el más popular del instituto, Harry Just. Su padre actualmente es el que tiene más dinero en Herlic y su casa es una mansión. Es allí donde organiza las fiestas y asisten todos los del insti sin importar su rango social. — viéndole en lado bueno a esto, no eran personas crueles. Aceptaban a todos sin importar cuanto dinero tenían.

— ¿Cuándo será?. — le pregunté.

— El viernes, a las siete. — le di una afirmación. — Podemos ir juntas si quieres, puedes venirte conmigo después del instituto hacia mi casa.

Llegará mi amiga, te la presentaré. Le caerás bien.— me sonaba mucho la idea. Debía lucir ese vestido.

— Iré, lo prometo.— ella me dio un asentimiento de cabeza y el resto del camino conversamos diversos temas.

Me dio recomendaciones para sobrevivir en el instituto, puesto que era un poco difícil los primeros días cuando uno es nuevo porque los de rango popular humillaban el resto. Pero, chocaron con pared conmigo. Porque no me les voy a dejar. Me despedí de Julia luego de cruzar la calle que daba a mi casa. Las luces estaban encendidas y el auto de papá estaba estacionado. Llegaron primero que yo, el día empezaba acabarse y el sol empezaba a ocultarse. Entré a casa, se escuchaban voces en la cocina así que me aproxime.— Es extraño, nunca había escuchado hablar tan detalladamente de Florida.— una señora de tez morena estaba hablando con mamá quien estaba picando unas verduras. Supongo que hacía la cena.

— ¡Hola mamá!— las sorprendí.
— Hola hija, ella es Helena, es nuestra vecina.— le sonreí. Me devolvió la sonrisa más falsa que pude haber visto.
— Estaré en mi habitación, madre.— no obtuve respuesta de parte suya así que decidí encerrarme en la habitación.

Algunas cosas seguían en las cajas apiladas. Pero mi cama estaba libre, así que me tumbe en ella de espalda con los brazos extendidos.

Mire al techo.

Aquellos pensamientos regresaron a mi mente como una ráfaga que ya no me destrozada. Solo era algo imposible de olvidar.

— *¿Por qué no me das un beso?.— negué repetidas veces entre risas.*
— *Eso es malo, muy malo.— le respondí, una sonrisa pícara empezó a dibujarse en sus labios.*
— *Te deseo Lex, y te amo con todas las fuerzas del mundo.— apretaba aún más su mano en mi cintura.*
— *No lo hagas, te harás daño.— mis palabras le dolían, yo lo sabía. Su mirada lo delataba.*

— *Cuando se trata de ti, podría recibir todo el daño posible. ¿Por qué te cuesta tanto amarme también?.*— *se separó de mí, una necesidad inmensa de que me tuviera en sus brazos me envolvió, no sé qué me sucedía.*

Se colocó ambas manos en su cabeza buscando pensamientos que respondieran la pregunta que yo no podía responder.

— *Porque el amor no existe.*— *fría, seca, sin aliento. Eso era yo.*
—   *Existe, ¿cómo explicas lo que siento por ti?. Yo te amo Lex, te amo con cada parte de mi cuerpo. Cada latido de mi corazón me confirma que esto es real. Esto es amor.*— *una lágrima curveaba su mejilla.* —   *Lo siento.*

Me duele el hecho de no haber querido corresponder en ese momento, y cuando tuve la oportunidad de hacerlo…se fue. Eso nunca me lo perdonaré, por eso ante su tumba prometí nunca volver a dañar a nadie con afecto, porque eso duele y mata en reiteradas ocasiones.

[…]

EPISODIO 2
Mi infierno.

Primer día de clases, ando un poco atareada y con prisa. Mamá me apresura más de lo normal y me estresa muchísimo. Creo que las discusiones con papá la convierten en eso, en una señora amargada.

— ¡Qué ya voy!— respondo a sus tantos llamados de mi nombre.

— Luego se anda quejando que no consigue trabajo en un futuro. Uno sin
    estudio no logra nada ahora. — eleve los ojos cansada.

Ya empezó con sus habladas mañaneras.

— ¡Mujer! Déjala tranquila, es temprano. — le dice mi papá, y agradezco a
    Dios que esta señora guardo silencio.
— ¿Me vas a dejar?. — me dirigí a papá.
— Primero debes desayuna y tomar la pastilla. — colocó un plato de huevos
    revueltos con jamón y la pastilla junto a un vaso.

Me senté a la mesa.

— Hoy si pero veo que hiciste una amiga nueva, quizá puedas seguir
    viajando con ella. — no me miraba, solo hablaba mientras veía el
    periódico.

Se refería a Julia, supongo que si podría viajar junto a ella después. Empecé a
comer, mamá cocina delicioso y eso es algo que siempre voy agradecer.

¿Han visto esas madres que no saben ni cocinar un huevo?

Bueno, exactamente esa madre sería yo. No me gusta cocinar, nunca me ha
gustado y no creo casarme o tener hijos debido a eso. Terminé mi desayuno y
me levanté a lavar el plato.

— El viernes habrá una fiesta de inicio de clases, ¿podría asistir?. — olvidaba
    pedir permiso y ya había comprado un vestido.
— Claro que sí, pero ya sabes tu hora de llegada. — chillé de la emoción.
— ¡Gracias! ¡Los amo! Así empiezo hacer amigos aquí. — papá y mamá
    empezaron a reír por mi escena.
— ¡Váyanse! Miren la hora. Corran. — mamá nos apresuró.

Íbamos caminado por la entradilla de la casa hacia el auto estacionado frente a
la casa.

— ¡Lexei! — esa voz la reconocería en cualquier lado.

Julia estaba dentro de un automóvil rojo, se veía nuevo. — ¡Hola! — le saludé.

— ¿Quieres que te lleve?.— miré a papá quien me dio un asentimiento de cabeza y corrí hacia el auto de Julia.

Ella abrió la puerta del copiloto y entré.

— ¡Me salvaste! Me habías dicho que no podía ir con mi padre porque empezarían hacer burlas.— ella empezó acelerar el auto.
— Te salve, más que obvio.— miré por el retrovisor y vi una chica atrás. Era rubia, con muchos pechos y una cintura de envidia.— ¡Oh! Ella es Yaina.— debió ver mi cara de confusión.
— ¡Hola Yaina! Ayer me hablaron de ti.— me sonrió de oreja a oreja.
— A mi también, eres súper preciosa.— le sonreí.
— ¿A qué grado vas?.— y ahí va, Lexei curiosa.
— Al mismo que ustedes. Si no me equivoco creo que vas al mismo grupo que nosotras.
— ¿Cómo lo sabes?

— Es la hija del subdirector.— hice un ademán de afirmación.

El resto del camino hablamos sobre Florida, al parecer no han podido salir de Herlic por más que lo intentan. Es algo raro y extraño. Julia parqueó su auto en el estacionamiento, nos bajamos las tres del auto y Julia lo cerró con seguro. Caminamos hasta la entrada.

— ¡Bienvenida a Diokles!— exclama Julia a mi lado tomando mi brazo y pasando su mano por el.
— ¡Te gustará! Hay muchos chicos guapos.— Yaina paso su mano dentro de mi brazo también.

Parecía que me llevaban a una boda.

— Ella no quiere chicos, Yaina. Ya empiezas a sacar a relucir tu picazón.— Yaina suspira.
— ¡Cállate! Mejor sigue caminando que estoy hablando con ella.— Julia rodea sus ojos y yo empiezo a reír levemente a base de su pequeña discusión tonta.
— Ya la vas a querer meter en tu mundo, no niña.— parece una madre regañando a su hija.

— Yaina no le respondió, creo que sabe como es su amiga.

Buscamos el salón y entramos en el. Los campos eran de tres, es algo totalmente nuevo para mí. En Florida cada estudiante tenía su propio escritorio.

— Esperemos que ven… — la puerta se abrió. — ¡ya llegó! — un señor con lentes cursó el salón hasta llegar a un escritorio.
— ¡Profesor! Ella es la nueva, Lexei Ray. — el profesor me miró descaradamente de pies a cabeza y me molestó. Quería soltarle un bofeteo por pervertido.
— Hola Lexei, toma asiento en la última mesa. Es la única libre. — busqué la mesa con la mirada y la ubiqué. Estaba vacía. Yaina y Julia me dieron una mirada de lástima.

¿Por qué?.

Me ubiqué en mi lugar y coloqué mis libros encima de la mesa. Yaina compartía miradas junto a mí pero no entendía qué quería decirme.

— Bien, en el libro de la antología diez hay un ejercicio que necesito que terminen. Este tema lo vimos el año pasado, recuerden que… — la puerta se abrió de golpe.

Oh si, lo que faltaba.

Anker.

— Señor Blate, ¿cuándo acostumbrará a tocar la puerta?. — le dio mala cara y empezó a caminar por el pasillo entre las mesas.

Que descaro tiene para mirar de esa forma al profesor.

Esperen, esperen. No se detuvo en ninguna mesa.

Venía.

Hacia mí.

— ¿Qué haces en mi espacio?. — gruñó, se veía molesto.
— Ahora es mi espacio también. — lo enfrenté.

— Bien.— dijo seco, se quitó el gorro y tomó asiento a mi lado.

Julia tenía razón, la mayoría de las personas le temían por su aspecto, pero estoy segura que es una fachada para disfrazar su buen corazón. De todas formas la mayoría de las personas no quieren mostrar su verdadero rostro para que no los utilicen.

El profesor empezó a dar la clase…

***

Hora de salida.

Ahorita mismo me encuentro caminando hacia mi casa, está a unas cuantas cuadras, algo largo. Julia se ofreció a llevarme pero me negué, necesito relajarme y conocer más el pueblo y esta era una buena oportunidad. Por otro lado Yaina se fue con un chico que recién conocía, esa chica tiene una vida social grande por no decirlo de una manera cruel. Coloqué mis audífonos y empezó a sonar mi canción favorita. Estaba admirando cada detalle del camino y conociendo aún más, como por ejemplo la iglesia de Herlic. Era pequeña pero grande a su vez, afuera tenía un gran cartel que decía. *"Dios se apiade de este pecado"*

Que raro.

Las paredes eran de madera con muros de piedras apiladas. Se veía muy lujosa. Mi familia no era tan religiosa y no me inculcaron el evangelio. Me detuve en la esquina a esperar que el semáforo pintara rojo para poder cruzar la calle. Y a mi lado se detuvo otra persona, no quería verlo pero mi curiosidad es tan grande que no puedo evitarlo. Era una chica, su cabello era blanco con las puntas rosadas, su tez era súper pálida y su contextura era delgada. Su nariz estaba perfilada y sus ojos….

De nuevo esos ojos…

Grises.

Tenía un cierto aire a Anker y Abbleigth. Su mirada cayó en mí y me congelé por completo. Se mantuvo así unos segundos para después extenderme una sonrisa de oreja a oreja.

— ¡Hola!.— me habló, su voz era fuerte, ni comparado a como lucia.

— Hoo…la— me trabé al responder, ella rió.

— La mayoría de las personas se asombran al verme, es normal.— no hay
   que juzgar un libro por su portada. Era muy simpática.

— ¿Tu cabello es real?.— Lexei la entrometida.

— ¡Ah! Si, ¿no lo parece verdad?.— negué asombrada.— herencia familiar.—
   el semáforo pinto rojo, los carros se detuvieron y ambas avanzamos.— un
   gusto Lexei, hasta pronto.— se fue en dirección contraria a mí pero me
   quedé ahí mirándola.

¿Cómo sabe mi nombre?

Mientras caminaba su cabello se movía al mismo movimiento, algo totalmente
sobrenatural. Este pueblo si que es raro. Después de unos minutos ahí en pie
me moví. Busqué la ferretería con mi mirada y me encaminé allí. Al entrar lo
primero que vi fue a papá acomodando una pila de llantas.

— ¡Hola papá!.— se giró hacia mi.

— ¡Hola pequeña! ¿Cómo te fue?.— me abrazó con fuerza.

— Bien, muy bien. ¿Y tu día como ha sido?.— le pregunté.

— ¡Oh! ¡Súper bien! Tu amigo Abb me ha ayudado muchísimo, tenías razón.
   Hay que dar oportunidades para que las personas muestren su
   potencial.— miré hacia adentro y Abbleigth estaba detrás del mostrador,
   me miró y sonrió.

— ¡Te lo dije, testarudo!.— papá rió y entré.— ¡Hola Abbleigth! ¿Me lo
   aprendí, viste?.— él me sonrió.

— Eso es bueno, al fin.— me respondió.

Sus ojos grises aún llamaban mi atención, ya eran tres personas con esos ojos.
—¿Abbleigth?.— le llamé y levantó su mirada hacia mi.— ¿Conoces a una
chica de cabello blanco y rosa? Tiene los ojos exactamente igual a los tuyos y
los de Anker.— logré notar como inmediatamente se tensó, me miró nervioso,
miraba hacia un lado y hacia otro.— ¿Abbleigth?.— buscaba su mirada.

— ¿Viste a Fretheis?.— arquee una ceja.— pero es imposible…— la puerta
   de la ferretería sonó y entró Anker.

Quien nos miraba desde la entrada. Abbleigth inmediatamente siguió haciendo lo que estaba haciendo.

— ¡Oh vamos! No vas a empezar a ignorarme sólo porque Anker esté aquí.— me quejé y Anker se posicionó a mi lado.
— Ella acaba de ver a Fretheis.— le dice de golpe Abbleigth a Anker. Él sólo arquea una ceja.
— Es una chica rara, no deberías de tomarle importancia.— dice seco, como si yo fuera a quedarme quieta sólo con esa respuesta.

¿Por qué Abbleigth se preocupó de yo haberla visto?

— Vengo a decirte que papá tiene una junta hoy. Necesita que ambos cuidemos a mamá.— seguido de eso sale de la ferretería.

Miro a Abbleigth.— Aquí no muere esta conversación.— amenazó divertida con el dedo y salgo corriendo tras Anker.— ¡Hey! Anker.— le llamo, él se detiene y avanzo hacia él. Me detengo frente a él, miro hacia arriba. Sus ojos grises tienen una figura roja muy diminuta, trato de verlo pero él quita su mirada.

— ¿Qué?.— dice, al ver que yo no le decía nada.
— ¿Por qué los ojos grises?.— pregunté, él sólo rió.
— ¿Cómo qué por qué? Herencia supongo.— y dale con eso, la misma respuesta de esa chica rara.
— Ni creas que voy a tragarme ese cuento. He visto muchas cosas raras y sé que tienes las respuestas.— advierto pero él solo arquea una ceja.
— ¿Tengo cara de enciclopedia?.— asentí burlona y él sólo rió.
— Esos ojos grises Anker. ¿De dónde vienen?.
— Mi territorio, no te acerques demasiado.— iba hablar pero una figura se hizo presente.
— ¡Anker! Al fin te encuentro.— era un chico, alto y con cabello oscuro.

Sus ojos, de nuevo…

Grises…

Se quedó hablando con el chico y yo sólo estaba prestando atención a la situación.— ¡Disculpa! Anker es un tonto cuando presenta a alguien. Mi nombre es Klaus. Preciosa.— toma mi mano y la besa. Sus ojos inmediatamente chocan con los míos y me comparte una sensación de placer inmediata. Mi cuerpo se tensa y mi zona empieza a humedecerse.

¿Qué demonios?

Él aporta su mirada de mí y Anker le da un golpe en el hombro al chico, yo sólo veo la escena con placer en mi cuerpo. Anker me mira asustado.— ¿Te pasa algo?.— negué y me retiré del lugar a paso rápido.

Necesito llegar a casa e investigar todo esto. Necesito saber de donde vienen esos ojos grises. No tardo mucho en llegar por la prisa que llevaba. Apenas y saludé a mamá. Me duché y me puse mi pijama. Bajé a la cocina por comida y algunas golosinas. Unas cuantas bebidas y le mencioné a mamá que estaría viendo películas y no me interrumpiera.

Es hora de investigar esto.

***

Cuatro horas llevo y lo único que he descubierto es que no hay ningún pueblo en Washington que se llame Herlic, ni en las afueras ni en ningún lugar. Según el mapa de google maps exactamente donde estoy es un bosque. Y no es un bosque, es un pueblo. Esto es Herlic y más bien parece; un pueblo fantasma fuera del alcance de los mapas.

¿Dónde carajos se vino a meter mamá?

¿Dónde carajos me trajeron?

Estoy asustada y temblando.

Había una página que me llevaba a una columna de un periódico pero decía: *error*. Miré la fecha, es de hace cinco años atrás. Pero existía una dirección,

Calle Prack, casa 777.

¡Ya me acordé!

Busqué el folleto que me había entregado mamá sobre Herlic. Allí había un mapa, lo busqué.

Calle Prack.

Estaba a cinco calles de mi casa, esa dirección era aquí en Herlic. Debía ir a esa dirección, debía encontrar las respuestas que necesitaba.

¿Por qué carajos no salía Herlic en el mapa?

Cayó la noche, mi reloj pintaba las nueve en punto. Mis padres estaban dormidos y era mi hora de salir. Me metí de intrusa en la habitación de mis padres y le tomé las llaves del auto. Salí con prisa evitando hacer ruido y corrí a encender el auto. Herlic estaba desierto, no habían personas caminando por las aceras ni siquiera habían autos, sólo el mío. Avance hacia esa calle, un letrero me informaba que esa era la calle Prack. Cada casa tenía su número, pero hubo una que llamó mi atención. No era una casa, más bien era como un cobertizo grande.

Y tenía el 777 pintado.

Estacioné el auto unas casas después y me bajé. Caminé hasta quedar frente a frente de ese lugar. Llamé a la puerta, pero nadie salió. Miré por las ventanas y todo estaba tirado y con telas de araña. Parecía una casa abandonada. Giré el llavín de la puerta y esta se abrió. Estaba abierta y eso era extraño. Pisé el piso de madera, crujió un poco. Temblé ante aquel aspecto del lugar. Habían muebles tirados y empolvados. Efectivamente era una casa que no tenía uso. Me adentré más en ella, encendí la linterna de mi celular y busqué algo en donde encontrar respuestas. Había un televisor viejo sobre un mueble con algunas gavetas.

¡Bingo!

Aquí debe de haber algo. Abrí la primera, habían muchas cosas. Desde vasos hasta cucharas. La segunda tenía cuchillos herrumbrados y cucarachas. En el tercero habían papeles. Saqué algunos, eran artículos de periódicos. Los títulos fue lo que más llamó mi atención.

"El pueblo misterioso"

"Herlic ha desaparecido del mapa"

"Se desconoce que sucedió"

Me congelé de inmediato.

¿Estaba en un pueblo fantasma?

Los papeles estaban con polvo y muy sucios pero se leía exactamente bien.

Después de muchas investigaciones abiertas sobre el origen del pueblo, se desconoce lo que pudo haber ocasionado la desaparición de este pueblo.

Agentes han ido a investigar y recolectar evidencia pero al entrar al bosque automáticamente no los volvemos a ver.

Este es un misterio que no tendrá solución.

¿No se puede salir del bosque?

O mejor dicho, de Herlic. Los que intentan entrar en Herlic no salen. Herlic está como en una capa invisible. O eso es lo que creo.

Un ruido de abajo me hizo sobresaltar, dejé los papeles en su lugar y en lugar de correr he ido a investigar. Una luz venía de un sótano, unas pequeñas manchas de sangre pintaban la entrada.

Era sangre, ¡reciente!

¿Qué demonios?

Coloqué mi oreja en la puerta tratando de oír algo pero sólo se escuchaban susurros bajos. Abrí con cuidado la puerta y en las escaleras hacia abajo habían pisadas de zapato ensangrentadas. Bajé cada escalón con sumo cuidado y la escena ante mis ojos me dejó la piel china, mi corazón empezó a latir mil por mil y mis piernas empezaron a flaquear.

¡Habían cuerpos!

¡Vivos!

O eso creo.

En una mesa estaba una chica desnuda, con muchas heridas en su piel y su cabeza hacia un lado. Presté atención a su estómago y este se movía de arriba hacia abajo. Ella estaba con vida aún. Y en la otra mesa, yacía un cuerpo masculino en la misma posición y en el mismo estado. Con la única diferencia de que este no se movía. Al parecer ese si estaba muerto. Me intente acercar a la chica pero un ruido arriba me hizo entrar en pánico. Busqué dónde esconderme y visualice un armario de pared, me quité mis zapatos y corrí hacia allí haciendo el menor ruido posible y me encerré en él. Unos pasos empiezan a escucharse en los escalones. Una respiración pesada se escucha al pisar el último escalón. Algo se riega, el sonido parece como agua.

Mis pies descalzos empiezan a sentir la humedad de aquel líquido desconocido que se esparce en el suelo. El armario era de pared, lo que facilitaba que eso se esparciera dentro del mismo. El olor es repugnante pero me aferro a mi mano derecha que cubre con mucha presión mi nariz, inclusive mi boca para no emitir sonido que me haga ser detectada. No veo nada, ni siquiera una pisca de luz, solo escucho cada golpe que dan contra algo suave, siento cada salpicadura en mis pies. Están dándole golpes a los cuerpos porque los constantes quejidos del cuerpo femenino son notables. Pero algo en su boca ahoga el grito.

¿Cómo no me han notado?

O yo soy lo suficientemente inteligente o ellos son lo suficientemente estúpidos. Soy una metiche chismosa que mete su nariz donde no la llaman y por curiosear estoy entre la vida y la muerte. Qué tonta, ¿no?

En los periódicos saldrán reportes que digan:

Joven de diecinueve años de edad es encontrada sin vida en un basurero debido a ser una entrometida.

Soy lo suficientemente dramática para recrear escenas que posiblemente no sucedan.

Bueno, hablando en esta situación si es una posibilidad.

Al rato y me arranquen la cabeza y la pongan de advertencia para todos aquellos curiosos como yo que tratan de buscar respuestas y entran al lugar donde posiblemente perderán la vida. Los golpes cesaron y dejé de pensar en mis tonterías. Me centré precisamente en las voces fuera de donde me ocultaba. Escuché pasos de un lado hacia otro, luego escuché más cerca los sonidos, respiraciones pesadas e incontrolables. — ¡Necesito más! ¿No lo entiendes?.— una voz muy conocida se hizo presente en ese lugar.

— Debes parar, no puedes hacer lo que se te da la gana sólo porque ya eres
    Hemaira.— una voz aún más exigente, fuerte y audaz le dio respuesta al
    chico.

Un golpe fuerte contra alguna madera resonó.

—   Necesito esa bebida que prepara Beniamín, es la única que me hace
    controlar la sed. ¡Tráeme una! ¡Ahora!— exigía como si tuviera poder
    alguno sobre la otra persona.

¿Hemaira?

¿Bebida?

¿Beniamín?

Aquellas palabras en definitiva eran confusas para mí.

Escuché como una puerta se cerró y un suspiro pesado se liberó.

Sentía algo en mi brazo, de seguro era una de las prendas que rozaban con mi piel. Toqué exactamente ahí y…

¡Algo peludo!

Grité, un grito de espanto salió de mi ser y abrí las puertas del armario con todas mis fuerzas, con los ojos bien apretados y dando vueltas por todo lado tratando de quitarme aquella cosa.

Abrí mis ojos lentamente buscando la cosa en el suelo y…

¡Una araña!

Grité aún más cuando de repente, un pie destripó aquella araña con fuerza.

Levanté un segundo mi vista.

Soy.

Una.

Estúpida.

Salí del armario.

¡Por una araña!

Y ahora, estaba frente al ases…

Yo misma silencié mis pensamientos al verlo.

— ¿Anker?.— pregunté, atónita con aquel ante mi vista.

Su ropa estaba manchada constantemente de sangre, su rostro tenía algunas salpicaduras y su cabello igual.

— No tienes idea en el infierno en el que has entrado, Ray.— negó varias veces con una sonrisa burlona en su rostro.— ¡He esperado tanto por esto!.

[…]

EPISODIO 3
Lexei entrometida.

— Llamaré a la policía.— lo miré, sacando mi móvil.
— No puedes.— negó sin quitar su mirada tan profunda de mí. Sostenía un cuchillo en sus manos.
— ¿También vas asesinarme?.— arquee una ceja y lo enfrenté, no voy a tener miedo aunque se vea todo monstruoso y asesino. Corrección, no se veía, lo era.
— Aunque quisiera, no puedo.— la sonrisa de oreja a oreja de Anker me parecía interesante. La puerta se abrió y pasos por las escaleras se escucharon.

— Aquí está la…— silenció sus palabras al verme.

Su cabello era canoso, tenía algunas arrugas en su rostro, su contextura era la de un señor. Sus ojos. Grises también. —¿Ya lo sabe?.— se dirigió a Anker.

Llevaba una copa negra en sus manos, ahora si que tenía miedo.

— ¿Ya sé qué?.
— No, ha estado escondida en el armario quién sabe cuánto tiempo.— le respondió.
— ¿Qué está sucediendo aquí? Llamaré a la policía.— estaba marcando el 911 cuando el señor se apresuró arrebatarme el celular, lo tiró al suelo y lo destripó con fuerza.— ¿Pero qué cojones les sucede a ustedes dos? ¿Sabes cuánto cuesta ese celular?.— me alteré.— Esos son cadáveres.— señalé a los cuerpos.— ¿Ustedes matan? ¿Por placer? ¿Pero qué demonios sucede aquí?.— empecé a tomar mis cabellos histérica.— ¿Por qué Herlic no está en mapas? ¿Por qué la dirección en Internet me llevó aquí? ¿Por qué los periódicos esos de arriba hablan de que Herlic desapareció? ¿Dónde estoy? ¿De qué diablos me estoy perdiendo?.— empecé a caminar de un lado hacia otro.
— Lexei…— lo amenacé con el dedo.

— ¡Cállate!, sólo cállate ahora, nunca te he tenido miedo y menos ahora.— estaba furiosa.— Necesito respuestas, y vas a dármelas ahora. ¿Por qué esos ojos grises? ¿Por qué? ¡Habla!.— insistí, ordené. Sorpresivamente el pecho de Anker empezó a subir y bajar con rapidez. Apretaba sus puños a los costados, tanto que podía ver claramente sus venas extendidas por sus manos. Dios, esto me daba placer. Las manos si, siempre me ha parecido algo tan perfecto en los hombres.

El señor se acercó a Anker y le extendió la copa, este la tomó con fuerza y la bebió toda.— Todo a su paso. No puedes adquirir toda la información de un sentón porque ni nosotros entendemos.— suspiré cansada.

— ¿Nosotros? ¿Quiénes nosotros?.— era curioso. Cualquiera en mi lugar temeria estar en esta situación, pero mi astucia y las ganas de conseguir respuestas me hacían ser valiente.

— Nosotros dos. Somos sicarios.— empezó hablar el tipo.— Nos pagan por asesinar personas malas. Así nos ganamos la vida y estos ojos grises…— suspiró.— son lentes de contacto.— se acercó a mí.

— ¿Crees que voy a tragarme ese cuento?.— coloqué ambas manos en mi cadera. Si él pensaba que yo me tragaría sus palabras estaba muy equivocado. Porque por supuesto, en Herlic no hay criminales y menos si de verdad es un pueblo fantasma.

— Deberías de hacerlo porque es la verdad. Esperemos que no nos delates, porque de eso dependemos.— mis respuestas no estaban del todo resueltas. —¿Herlic…

— No lo sabíamos, tampoco sabíamos que habían periódicos aquí sobre ello. Debería también de buscar información.— estaba confundido, en su rostro lo veía.— Bien, los dejo. Necesito ir a lavarme antes de que mi esposa me vea. Limpia esto hijo.— ordenó. Señalando a Anker mientras se quitaba los guantes.

— ¿Hijo?

— Ah sí, soy Harkor, padre de Anker y Abbleigth.— me extendió su mano y la acepté levemente y desconfianza.

— ¿Me vas a dejar ir tan fácil?. Sé su secreto.— me atreví a mencionar.

— Sí, somos lo suficientemente buenos en lo que hacemos y usted lo suficientemente inteligente para saber que debe guardar silencio o la próxima sería usted.— me guiñó un ojo antes de desaparecer por la escalera.

Miré con atención la escena.

¿Esto era lo oscuro y misterioso de Anker?

¿Un asesino?

¿Cómo?

— Entonces tú…Anker.

— Cállate y lárgate de aquí. Antes de que digas algo que de verdad me haga asesinarte.— de nuevo volvió a ser el típico y arrogante chico de siempre.

— Bien. Me retiro.— salí corriendo del lugar.

Mis manos temblaban, estaba en un trance loco, no podía haber visto eso. A mi nadie me mandó a ver ese lugar, ese 777. Tengo miedo, tengo mucho miedo de abrir la boca y toparme con una muerte segura.

Llegué al auto y lo arranqué para después salir a toda prisa para mi casa. Parquee el auto frente a la casa, me bajé con sumo cuidado tratando de no hacer algún ruido posible. Entré a la casa, traté de cerrar con cuidado pero igual se escuchó cuando la puerta se cerró. Pero todos seguían durmiendo, me adentré en mi habitación y cerré con seguro. Seguido fui hacia las ventanas y las tapé, les coloqué el seguro por aquello que intenten entrar. Estaba entrando en pánico, ¿y si él vendría atacarme? Debería de llamar a la policía, no es algo justo que ellos hagan eso y menos en un pueblo tan, pero tan pequeño. Tomé mi computadora y empecé a revisar de nuevo los datos que tenía en mi poder.

Teclee el 777 Herlic, los resultados me arrojaron solo uno.

Un solo resultado.

Parece algún artículo, lo abrí.

La computadora me envió aviso de que la página no era confiable.

¿Pero qué podría suceder?

Sólo podría adquirir un virus, pero existen arreglos de computadora. Abrí

el resultado;

Octubre, 27. Año desconocido.

Los cielos se cierran y la tierra se abre, informando que el enemigo está presente aquí.

Ellos están vivos, están presentes entre nosotros.

Posiblemente yo esté muerto en unos años o en unos minutos después de transcribir esto y hacerlo público de una manera que sea imposible de borrar.

Si estás aquí ahora, leyendo esto. Déjame decirte que has descubierto el 777 y lo misterioso del pueblo, de alguna u otra manera no es algo a lo que le puedan prestar atención y menos llegar a leer esto.

Querido lector, debes cuidarte de ellos. Sólo van a destruir la tierra y convertirla en lo que el enemigo quiere. Los he descubierto, los he encarado y me han amenazado que sería el siguiente.

Tienen poder sobre ti, no te acerques demasiado, recuerda que el poder que anhalan es gracias a

Allí termina el texto.

¿El que escribió esto descubrió a quién?.

Ush, estoy frustrada y estoy entrando en el estado donde no tengo paciencia. El poder que anhalan es gracia a algo, no dice más. Absolutamente todo lo que leo no me responde nada, al contrario, me deja más preguntas sin respuesta. El sueño me está venciendo, estoy cansada de buscar. Pero no me rendiré hasta conseguir las respuestas de todo lo que necesito. Mi celular vibró en la mesita de noche, miré la pantalla por encima y tenía un mensaje.

Lo tomé. Era un número que no tenía registrado.

No voy hacerte nada, así que no llames a la policía Ray.

Su mensaje me puso los pelos de punta.

¿Cómo demonios sabía lo que estaba pensando hacer?

Más te vale responder mis preguntas.

Lo envié, no esperé respuesta y por fin, caí dormida después de una larga noche.

Y sí, ¡qué noche!

— Buenos días.— saludé después de bajar las escaleras, papá tenía su taza de café sobre el regazo mientras veía la televisión, mamá por otro lado estaba en el sofá tejiendo.— ¿Qué tejes?.— le pregunté tomando asiento a su lado.

— Un conjunto, para la hija de la vecina que pronto nacerá.— comenta entusiasmada.

Levanta el diseño en el boceto y me lo presenta, es un hermoso vestido con un calzón abombado para niñas.— Es precioso.— papá mira por el rabillo del ojo y vuelve su vista al televisor.

— ¿Ya te tomaste la pastilla?.— pregunta papá sin mirarme y yo reacciono.

— Si, junto al desayuno como siempre lo he hecho, padre.— él asintió…

Me despedí de mis padres y me dispuse a salir de casa con camino al instituto. Julia me había comentado que hoy no podría pasar por mi ya que tiene una cita médica pero quedé de caminar junto a Yaina. Quién ya venía acercándose.— ¡Hola!.— me saluda emocionada y yo le doy una sonrisa amable. Ella venía con intensiones de abrazarme pero al notar mi tensión ante la acción, se retractó.

— Hace mucho frío hoy.— comenta. Y tiene razón, el clima anda un poco bajo y los escalofríos recorren mi cuerpo.— Vale más que hoy traje dos abrigos, ten este.— me extendió uno de su mochila y lo tomé, sonriéndole con agradecimiento.

— Muchas gracias Yaina, me has salvado.— le agradezco y continuamos nuestro camino hacia el instituto. Cruzando el semáforo, precisamente frente aquella iglesia estaba la chica de cabellos blancos y rosas, de pie junto al cartel que antes había llamado mi atención.

— Esa chica es extraña.— susurré apenas audible para Yaina.

— ¿Cuál?.— pregunta en susurro también.

— La chica de pie junto al cartel.— le respondí. Ella arquea una ceja y mira hacia todos lados desconcertada. Me está jugando una broma y no es para nada graciosa.

— ¿Cuál?.— verdaderamente había confusión en su rostro. Miré hacía la chica extraña y me sonrió, pero no una sonrisa amable. Al contrario, una sonrisa que me provocaba terror, angustia, miedo. No había sentido miedo en mi vida y con ella era algo inexplicable. No sé qué me sucedía. —   Ella no puede verme.— dijo, en voz alta y frente a mí.

Retrocedí dos pasos para atrás, sosteniendo mi pecho. ¿Cómo demonios había pasado de estar frente al cartel y luego frente a mí? Yaina me miró asustada y la chica extraña ya no estaba en ninguna parte.

¡Maldito pueblo!

— ¿Lexei?.— me llama.—¿Estás bien?.— asentí, nerviosa ante aquella
  situación. Mi corazón latía muy rápido, estaba asustada ante aquella
  situación tan extraña.

Abbleigth me había comentado su nombre pero lo he olvidado.

Fre…

No me acuerdo más.

Seguimos nuestro camino hacia el instituto, y mi mente aún seguía tratando de explicar aquello tan extraño que había presenciado. Tomé asiento en mi lugar, Yaina seguía preocupada por mi estado, ya que cada segundo literalmente me preguntaba si de verdad estaba bien. Pero la corregía y le decía que si, sin embargo no la convencía del todo en realidad. La puerta se abrió, es un milagro. Anker acaba de entrar antes que el profesor, su aspecto era poco común en él, en lugar de llevar abrigo por el frío traía una franela delgada, tanto que por la luz se podían notar sus abdominales bien trabajados. Su cabello estaba despeinado y tenía ojeras más grandes que la última vez que lo vi. Tomó asiento a mi lado, presionando los puños en el escritorio con fuerza, tanto que sus venas eran vistas de pronto.

— ¿Anker?.— susurré, tratando de llamar su atención pero su rostro ni
  siquiera se inmutaba hacia alguna reacción o algo similar.— Anker, yo
  necesito…
— No necesitas nada, sólo alejarte.— sus cejas se unieron por el enojo
  previsto en su rostro y sus puños se apretaron aún más.
— Yo no acudiría a ti si de verdad no te necesitara.— arqueo una ceja y me
  miró.

—   ¿Necesitas algo de mi?.— burla era lo único visible en su sonrisa estúpida.

Me llenó de rabia, sólo a mi se me ocurriría acudir a un asesino.

—   Olvídalo.— fijé mi vista al frente y el profesor entró.
—   Lexei, yo…
—   ¡Cállate!.— me levanté de la mesa, chocando mis puños contra la mesa
    provocando un sonido fuerte que hizo que mis compañeros y el profesor
    me miraran extrañados. Inclusive Anker.— ¡Eres irritable e inconsciente
    que sólo piensas en ti mismo!.— le grité, tomé mi mochila y empecé a
    buscar la salida.
—   ¿Señorita Ray?.— me llamó el profesor pero seguí mi camino hacia la
    puerta.

Caminé y crucé el pasillo con detenimiento.

¡Qué puta mierda!

¿Tanto le costaba escucharme?

Claro, es tan orgulloso, egocéntrico y un idiota que no me va escuchar. Es un
testarudo, un imbécil y todo lo demás. Ya no me sé más insultos, estoy
agotada de seguir tratando de descubrir y encajar piezas en este juego sin
sentido. No es justo que yo tenga que estar pasando por estas cosas, al parecer
soy la única que las ve. Frente a la entrada, estaba ese chico amigo de Anker.

Klaus.

—   ¡Preciosa!.— dijo alegre, andaba con lentes oscuros. Pero mi rostro de
    disgusto fue notable, ya qué arqueo una ceja y al ver que no me detenía se
    puso de pie frente a mí deteniendo mi paso.— ¿Por qué la princesa anda
    con cara de amargada?.— suspiré cansada y lo miré.
—   ¿También vas actuar como un idiota?.— entrecerró los ojos en mí.
—   ¿Cómo un idiota?.
—   Tú amigo,— toqué su pecho con mi dedo, — es un idiota; y ojalá el ser su
    amigo no te convierta en uno.

Él tocó mis manos, enviando una descarga de paz por todo mi cuerpo que de
inmediato me alteró.— Tranquila. Déjame ayudar.— atrajo mi cuerpo hacia él

y me abrazo con fuerza, enviando otra descarga de paz por mi espina dorsal y relajación en segundos.

¿Qué me está sucediendo?.

— Anker a veces suele ser un imbécil pero eso no quiere decir que siempre lo sea. Y yo, no soy como el pequeña fresa.— entrecerré los ojos alejando un poco mi rostro para mirarlo a la cara.
— ¿Fresa?.— me reí.
— Eres más blanca que una hoja de papel y por todo te pones roja entonces, eres una fresa.— me reí ante su creatividad.
— Eres increíble Klaus.— me alejé de él separando el abrazo. Él siguió riendo junto a mí.— ¿Cómo es que pudiste calmar mi angustia?.— lo miré de nuevo.
— Pequeña fresita, yo soy un ser divino que te traerá paz desde los cielos del Señor.— alzó sus manos hacia el cielo divertidamente y yo solté una carcajada. Sostenía mi estómago de tanto reír, este chico era la versión contraria de Anker. En realidad todo lo contrario. Una tos lo hizo ver hacia atrás de mí.— ¡Anker! Amigo mío.— pasó por mi lado y me giré, pasó su mano por los hombros de Anker y palmeo su espalda.— Tu amiga, es extraordinaria.— sonríe, coquetamente hacia mí.
— ¿Qué haces aquí?.— le pregunta, sin emoción alguna en su rostro.
— ¡Ah hombre! ¡Ya vas! Con tu actitud arrogante y sobresaliente.— Klaus trataba de crear la situación menos incómoda.
— ¿Qué haces aquí?.— volvió a preguntar y a Klaus se le borró la sonrisa de rostro. Ahora era exactamente igual de serio que Anker.
— ¿Te vas a seguir comportando como un idiota?.— lo encaró.
— Te dije que no intervinieras.— le responde Anker.
— Lo voy hacer siempre que la vea en peligro.— me señala y entrecierro mis ojos en él.

— ¿Qué me vean en peligro?.— pregunté para ambos pero ni siquiera me miraron, seguían mirándose entre sí.
— No quiero que estés cerca.— le dice Anker.

Atrás de ellos, estaba aquella chica extraña. Me asusté y al retroceder hacia atrás, mi pie chocó en algo y caí sentada de trasero. Me quejé inmediatamente por el dolor al caer.

Anker y Klaus me miraron y luego hacia atrás.

— ¿Vas a seguir?.— le dice Anker a la chica.— Déjala en paz, ya.— Klaus arqueo una ceja.
— Podrían decirme qué sucede aquí.— exigí levantándome del suelo.— ¡Suficientes secretos! ¿Por qué me das miedo? Nunca he sentido miedo.— la señalé.— ¿Por qué me das paz?.— señalé a Klaus.— Y tú.— señalé a Anker.— ¿Por qué sigues siendo un idiota?. Por más que intente acercarme a ti me alejas con tu actitud de mierda.— estaba alterada.
— ¡Fresita! Tranquila. Ninguno te hará daño.— suspiré cansada y rodee los ojos.
— ¡Basta! Estoy entrando en un estado de frustración inmediato.— apreté mis puños a mis costados.— ¡Basta! Díganme algo, hagan algo por el amor de Dios. ¡Hablen!.— el cielo tiró un relámpago y los tres se pusieron de cuclillas.
— Aquí no será.— dijo Anker caminado hacía mi, tomándome de la mano y jalando de mi fuera del instituto.

Klaus y la chica lo siguieron, los tres veían constantemente hacia el cielo y nos subimos a un auto. No sé de quién era pero, llegamos exactamente al lugar donde cometían sus crímenes.

777

—¡Bien! ¿Querías saber la verdad de nosotros? La tendrás.

EPISODIO 4
Verdades oscuras.

Si había algo peor que ser una cobarde, era ser una cobarde con un gran instinto curioso. Temía enfrentarme a algunas situaciones, pero me gustaba la sensación de llegar hasta la situación. Siempre experimentaba ese:

«Quiero hacerlo, pero a la vez no».

Era curiosa pero no arriesgada. Me gustaba el misterio, pero era asustadiza, así que entraba en batallas épicas contra mí misma para saber qué debía hacer.

Pero en ese momento no había batalla que librar, lo único que tenía que hacer era ignorar la tensión, ignorar a los chicos, cohibir mis impulsos y regresar a casa aunque sea corriendo. Empezamos adentrarnos en la casa, yo sabía que no debía estar ahí pero la curiosidad y la intriga me latieron por todo el cuerpo.

«No debes ir».

«Si debes ir».

«No debes».

«Si debes».

«De seguro es solo el escondite que usaban personas para sus asesinatos sangrientos».

«O podría ser el camino a responder todas mis dudas».

«Eso es tan absurdo».

«Pero posible… ¿tienes algo mejor que hacer? Ah, sí, hundirte en los descubrimientos y lamentarte día a dia. Maravilloso».

La discusión mental conmigo misma me aturdió un poco. Mis «yo» interiores tenían razón, pero lo cierto era que no había peligro alguno en ese mundo o quizá sí, y que no podía decepcionarme más de lo que ya me había decepcionado no encontrar respuestas rápido. ¿Qué más daba? Aunque no tenía que hacerlo y aunque no hallara nada, lo hice.

Segundos después me encontré avanzando a través de las escaleras, y para cuando me di cuenta, ya había dejado todo atrás. …

—   Tanto misterio me genera inquietud. — mencioné, tomando asiento en la
     única silla que no tenía ni una mancha de sangre.

Anker, Klaus y la chica rara tomaron asiento frente a mí.

—   ¿Qué? ¿Ahora van asesinarme entre los tres?. — vacilé y sólo Klaus sonrió.
—   Eso suena cool, pero no sería mi estilo. — habló la chica rara.
—   Y ella no es la chica rara, Lexei. — quedé perpleja al escucharlo decir eso.
     Eso sólo lo he dicho en mis pensamientos.
—   Soy Fretheis. — ahora me acordé del nombre que dijo Abbleigth.

Era curioso la manera en que los tres tenían sus ojos grises, de hecho me parecía algo extraño mirarlos. Solo que la mirada de Anker no me provocaba nada, pero si veía ligeramente directo a los ojos a Klaus, una sensación de deseo sexual recorría mi cuerpo. Quizá se pregunten cómo es que sé sobre las sensaciones sexuales siendo virgen. Pues, ya ustedes saben, he tenido situaciones cercanas al sexo pero no he llegado a tal límite…aún. Y por otro lado estaba la mirada de Fretheis, que me transfería miedo, pánico y ganas de salir corriendo.

—   ¿Por qué me seguiste?. — empieza hablar Anker.
—   Yo no te seguí. Sólo encontré una dirección en Internet que me guió
     aquí. — Klaus arquea una ceja.
—   Eres lista fresita, tienes potencial. — me habla coqueto y Anker voltea los
     ojos.
—   No somos de esta tierra. — comenta Fretheis, seria. — nosotros no
     pertenecemos aquí o al menos eso sabemos. — ahora si, estaba más
     confundida

— Los de ojos grises, claro. Todos los que has visto con ojos grises. — arquee una ceja.

— ¿Entonces si tiene algo que ver los ojos grises? ¡Yo lo sabía! ¡Esa chica! — señalé a Fretheis. — Si, ella fue la más rara. Ella me hizo levantar sospechas. — Klaus hizo un sonido con su boca.

— Fretheis. — mencionó. — ella es lista, ella sabía de la existencia de usted aquí. Por eso se hizo presente ante usted. Para que descubriera por sí sola las cosas. — se dirigía a todos.

— Pero no debía, ella sabía que era peligroso. — le respondió Anker más hacía Fretheis que ha Klaus.

— ¿Peligroso que yo me enterara?. — ¿era una broma?. — Peligroso es esta situación y que yo esté aquí. Probablemente ustedes acaben conmigo. Así que no digan que es peligroso. — dice seca. — ¿Por eso sólo yo pude verte esta mañana?. — ella asintió.

— ¿Por eso me necesitabas?. — Anker me pregunta y yo asiento.

— Van asesinarme. Lo siento en mis venas.

— ¡Es que no entiendes!. — exclamó Anker con fuerza.

— ¡Entonces explícame!. — exclamé también.

— Lexei… — habló una quinta voz en la habitación.

Si claro, el padre de Anker y Abbleigth.

— ¿Cómo cojones todos ustedes se saben mi nombre por cierto?. — estaba aturdida.

— Te conocemos desde que naciste. — lo miré extraño. — Soy Harkor ya me presenté. El padre de Anker y Abbleigth. — ahora todo tenía sentido. — los que tenemos los ojos grises somos alguna especie rara que no podemos descubrir debido a que no contamos con la información suficiente. — me reí y ellos me miraron serios como si eso no fuera una broma.

— ¿Esto es una broma?. — seguían serios sin responder. — Bien, ¿entonces son una especia rara? ¿De qué?. — arquee una ceja resignada.

— Lo único que tenemos a nuestra disposición es que fuimos creados y no nacidos. Exactamente para qué fuimos creados no lo sé, es una información que no logramos conseguir. — empezó hablar Harkor. — pero si sabemos que tenemos tres niveles que debemos alcanzar para llegar a nuestra máxima potencia.— todo esto parecía alguna clase de broma o no sé.— el nivel uno se llama Jomeha.

— ¿Jomeha? ¿Qué es?.
— Desde que fuimos creados nacemos con ese nivel, es el nivel del descubrimiento de lo que realmente somos. Toda nuestra infancia hasta los doce años seguimos siendo Jomeha.— ¿desde que nacieron son así?.— Luego está la etapa dos o nivel dos que se llama Hemaira.— en el armario escuché esa palabra.— es el nivel en el que estamos todos actualmente. La sed de venganza, la sed de asesinar, la sed de sangre, la sed de carne rondar por nuestras manos. Somos una maldición.

— ¿Todos?.— ¿osea que no sólo Anker y ellos eran así?.
— Somos siete. Pero la mayor de nosotros ha podido diseñar una bebida que nos mantiene en control para seguir actuando como humanos.— ahora entiendo porque Anker pedía la bebida.
— ¿Es la copa qué traías en las manos?.— asintió.
— Se llama Efstathios.
— ¿Todos fueron creados en diferente fecha?.

Negó con su cabeza.— Todos fuimos creados el mismo día bajo la misma bolsa materna. Es decir, los siete nacimos el mismo día con un minuto de diferencia al nacer. Pero no tenemos lazos sanguíneos que nos hagan parientes.

— ¿No que eran creados y no nacidos?.— ahora estaba confundida.
— Correcto, porque no nacimos de una madre humana. Nacimos de una especie de máquina que nos procreó.— todo empezaba a encajar.— Cada uno de nosotros tiene un poder diferente que desarrollamos en el nivel dos. Pero no podemos llegar al nivel final porque nos falta uno de nosotros, cuando la última que nació descubra quién es, tendremos el poder absoluto para destruir y asesinar todo a nuestro paso.
— ¿Quiénes son todos ustedes?.— Lexei la entrometida.
— Yo soy uno. No soy el padre de Anker. En realidad puedo convertirme en quién yo quiera, tengo el poder de hacerlo. Decidimos hacerlo así para no

ser descubiertos. Tengo la misma edad que Anker y Abbleigth— ahora entendía.

— ¿Y Abby?.

— Nuestro creador buscó personas que se hicieran cargo de nosotros desde bebés, buscó familias que no podían tener hijos para darles un niño. Abby se ofreció a cuidar de nosotros tres. —era una señora muy linda.

— Sé que quizá estás muy confundida con todo esto, Lexei. Pero es sólo el comienzo. Necesito que asimiles todo esto por hoy y trata de mantener tu boca cerrada.— asentí confundida ante las palabras de Anker.

— Un segundo. ¿Por qué Herlic no está en mapas?.— necesitaba esa otra respuesta.

— Herlic solía ser un pueblo lejano, pero hace cinco años nuestro creador buscó a las familias para ser devueltos y utilizados los siete de nosotros.

«Pero Beniamín, el mayor de nosotros. Descubrió que no nos buscaba para algo bueno, sino para algo aún peor y malvado. Buscó la manera de crear un escudo que envolviera el pueblo sacándolo de los mapas y así quién quisiera entrar no podría volver a salir. Nosotros no vivíamos aquí, cada uno tenía su propio país, pero fuimos obligados a estar encerrados aquí como protección de nuestro creador.

— ¿Y cómo llegué aquí si este pueblo ya no existe a la vista de las demás personas más que de ustedes?.

— Porque tu eres la que faltaba de los siete. Bienvenida al proyecto Hazard.

— ¿De qué demonios hablan?.— arquee una ceja, muy confundida.

Si querían confundirme pues lo lograron más de lo que yo pensaba.

— Hablamos de lo que sucedió con Jack.— ese nombre, me heló la piel, me puso estática, en shock.

— ¿Cómo sabes eso?.— le pregunté a Anker, quién me miraba sonriente, como de burla.

— Porque yo te hablé y te dije lo que tenías que hacer.— una chica, comenzó a bajar las escaleras hacia donde estábamos.— ¿Me reconoces la voz?.— su voz, claro que la reconocería.

Su cabello era azul, un azul oscuro muy precioso y sus ojos también grises

— ¿Cómo supiste dónde encontrarme?.— le pregunté, confusa.
— Los halle a todos, y los guíe hacia acá, donde estarían a salvo de nuestro creador.— responde y yo sigo en shock.

No sé qué demonios está sucediendo.

— Lexei, sé que quizá sea algo difícil de asimilar pero eres una entrometida y necesitamos de eso para que descubras nuestro verdadero origen.— entrecerré los ojos en Klaus, quién me miraba exhaustivamente.
— No sé si tomar eso como un insulto o un halago.— me quejo, desviando un poco el tema.—entonces, ¿somos alguna especie rara?. ¿Por qué yo no tengo los ojos así? ¿Por qué yo no tengo poderes ni nunca he experimentado algo?.— empecé hacer preguntas.
— Porque estás medicada para retener tus poderes, lo que provoca que tus ojos se vean humanos. — Estoy tratando de asimilar un poco más la situación pero ando confundida.

— ¿Mis padres me medican?— pregunté más para mí, que para ellos.— Bueno, en realidad no son mis padres entonces…— pero yo los veía como mis padres.— ¿Cómo es qué…— silencié mis palabras.
— Investigué un poco, la información que logré sacar de nuestros expedientes es limitada y el tuyo, está vacío, muestra que no hay poderes pero, yo vi como asesinaste a Jack con tu mente.— comienza hablar la chica que recién llegó.— y no hay marcas que muestren que necesitas medicación. Pero encontré algo.— sacó una pequeña tablet y tecleo algunas cosas.— Miren.— nos mostró a todos en el aire, como algún efecto extraño.— Aquí muestra qué, el embrión fue modificado pero, no fue Blackforth.— les arquee una ceja a todos y algunos rieron.
— Para ponerte al tanto, Blackforth es el científico que nos creó.— hice un asentamiento de cabeza y seguí prestando atención.
— ¿Mi embrión fue modificado?.— asintió.
— Fuiste la última en nacer. Y el científico británico Klet Yuh se dedicó especialmente a escogerte los padres. Estoy segura que él fue el traidor y por eso quería cuidar bien de ti.
— ¿Qué hay de malo en eso?.— pregunté, aún confundida.
— Que si fuiste modificada y tus poderes están bajo control, es porque tienes alguna fuerza inhumana incapaz de controlar.— Dijo Fretheis.

— No solo eso, también hay que averiguar para qué te modificó. — Dijo Harkor.
— No puedes dejar de tomar esas pastillas hasta averiguar qué eres y qué poder tienes. — Dijo la chica. — Por cierto soy Beniamín. — estreché su mano y le sonreí.
— Además, Beniamín nos contó que asesinaste a Jack con besarlo. Creemos que tu poder es tan fuerte que controlas la mente. — presté atención a Anker.
— ¿Ustedes no matan con la mente?
— En realidad sí. Pero podemos controlarlo. En cambio tu, aún bajo medicamento no puedes. — Oh, qué raro.
— ¿Qué proponen?. — pregunté, porque todos me miraron.
— Debes ir a Inglaterra y buscar al científico. Eres la única de nosotros que su poder no puede ser detectado. Eres la única que puede averiguar lo que eres y la razón de nuestra existencia. — me sentía como en una película de terror y de ciencia ficción. Mis padres nunca me habían enseñado nada de
esto, ni siquiera vi alguna malicia sobre que me ocultaran algo, de hecho actuaban normal como si de verdad yo lo fuera.
— ¿Y si me pierdo?. — pregunté.
— No, yo desde aquí te iré guiando. Tengo ese poder. — Beniamín era una chica súper linda, aunque no sea humana.
— ¿Puedo seguir actuando normal?. — asintieron la mayoría.
— Llama la atención y sigue siendo Lexei Ray entrometida. Eso atrapa a los chicos. Quizá alcances a tener novio. — comenta Anker y entrecierro los ojos en él.
— ¿Celoso, Blate?. — echa una risa y me mira.
— Si quisiera, si me gustaras, te quitaría esa ropa y te follaria aquí mismo frente a estas personas. Pero como dije, si me gustaras pero obviamente, no. — aush, un golpe dolía menos.
— ¿Ahora te crees superior?. — ataca Fretheis. — Ella no está a tu nivel, chico. — boom, en tu cara.

Antes de que Anker respondiera, Abbleigth venía bajando las escaleras. Corrí hacia él y pase mis manos alrededor de su cintura. — Al fin llega alguien a quién si puedo abrazar y no es un imbécil con patas. — susurro contra su pecho.

- A mi también puedes abrazarme, uruguita. — dice Klaus y rio contra Abbleigth.
- ¿Ya lo sabes?. — me pregunta dándome un beso en la cabeza.
- Si, ya lo sé. — le respondo y me separo de él. — Yo sabía que teníamos conexión de algún lado. — camino hacia donde estaba.
- Bien Lexei. Bienvenida a la manada. Responderemos más preguntas después que todos debemos regresar a casa antes de que anochezca. — dijo Beniamín.

***

EPISODIO 5
Mi chico.

Hace algún tiempo atrás:

—Si mamá, ya lo sé.— rodee los ojos y miré el coche estacionado frente a mi casa. Mariposas empezaron a rondar por mi estómago.

—¡Te amo!.— exclamó antes de yo cerrar la puerta, una sonrisa tonta apareció en mi rostro cuando visualice perfectamente aquella figura tras el volante.

A paso apresurado logro llegar al auto, la ventana comenzó a bajar y un chico muy sonriente me recibió.— Hola, dulzura.— sonreí ante aquel comentario y abrí la puerta del copiloto tomando asiento en sí y cerrando la puerta.

—¿A dónde vamos?.— pregunté, acomodando mi cinturón.

—Contigo hasta el fin del mundo.— de inmediato empecé a sentir mis mejillas ruborizadas y un escalofrío envolvió mi cuerpo.

¿Cómo demonios provocaba todo esto en mí?

Él empezó a manejar, era línea recta por lo tanto, colocó una mano en mi pierna acariciando con leves toques mientras con su otra mano tomaba el control del vehículo. Colocó música, exactamente aquella música que nos identificaba, aquella música que era ideal cuando estábamos juntos. Mi chico, aunque muchas veces ya lo había rechazado, mi corazón aún no sentía nada hacia él y eso me dolía, me dolía ver cómo él se entregaba a mí, cómo intentaba quedarme bien pero, mi corazón no lo aceptaba.

Y suena tonto, ya lo sé. ¿Por qué despreciaría a un chico tan bueno?. Quizá sea mi persona, aquella persona que logre tomar control de mi, de mis impulsos.

Quizá sea el agua que apaga el fuego en mi interior, quizá sea mi alma gemela pero, todo queda en un quizá…

Porque yo no puedo abrirme hacia él, me cierro tanto al amor que cuando quiero sentir, no puedo. Dice mamá que seguro es que tengo mis emociones reprimidas y ya he buscado en Internet maneras para explotarlas al máximo pero ninguna funciona. Creo que Google está cansado de darme respuestas sin solución.

Porque anhelo, de una manera grande, corresponderle con todo mi corazón al chico a mi lado. A ese chico de tez blanca, con una sonrisa perfecta y una voz que atrae a cualquiera. Esos hoyuelos tan definidos, esos labios severamente carnosos y unos ojos tan claros como el mar. Su cabello oscuro le hace un perfecto contraste a todo de sí mismo. El sueño de toda chica y yo que lo tengo, no lo puedo querer.

Mi Jack, te siento tan mío pero tan lejos.

— ¿En qué piensas?.— su pregunta me saca de mis pensamientos por completo.
— En…— por un segundo quería gritarle que lo amaba pero mi corazón silenciaba mis palabras.— nada.— fijé mi vista al frente.
— Estás consumida en pensamientos y me dices que nada.— ríe, negando con su cabeza.

¿Por qué haces eso?

¿Por qué eres tan lindo?

— A veces odio que me conozcas tan bien.— era mi amigo, aunque él no me viera como su amiga lo era.

Y somos un dúo. Un dúo indestructible.

Jack y Lexei, juntos hasta el amanecer. No, no, mi cabeza a veces dice estupideces, no le hagan caso a mis pensamientos.

— Grandes dotes que me da Dios para entenderte.
— Y paciencia.— rodeo los ojos vacilante y él ríe.

— Hemos llegado.— tan consumida iba en mis pensamientos que no logré ver el camino y se me hizo tan corto.

En cuanto miré hacia los lados todo eran árboles. Árboles a la derecha e izquierda, y la calle desolada sin siquiera un auto.

— ¿Vas a matarme?.— pregunté y él empezó a reír.
— ¡Lex!— exclamó.— hay que caminar hacia allí adentro.— señaló por mí ventana y miré hacia donde señalaba.

Era un caminito entre los árboles.

Oh bien, qué divertido.

Vale más que traje zapato tenni y también sandalias.

— ¿Trajiste el bikini?— asentí.— Qué bien, adentro hay una poza para bañarnos.— abrí la puerta del auto y Jack empezó a sacar unas bolsas que venían en la parte trasera.— Ayúdame.— solicitó y fui a tomar unas cuantas. No estaban tan pesadas.

Él dejó el auto con seguro y empezamos a caminar por el caminito.— Se ve siniestro, empiezo a pensar que sí vas asesinarme.— comento vacilante.

— Pensándolo mejor, dan muy buena recompensa por vender órganos humanos.— fingí despecho con un sonido en mi boca y él empezó a reír.
— Eres cruel.

— Tú empezaste.

Las rocas empezaron aparecer y empecé a tambalear un poco debido a la definición de las rocas. Unos metros después me encuentro con una hermosa cascada que descendía desde una montaña no tan alta. Caía en una poza gigante que alrededor habían espacios verdes y árboles que daban una excelente sombra.

— Yo sabía que te gustaría.— fije mi vista en él y me di cuenta que tenía mi boca abierta.— Quiero pensar que así quedas cuando ves mi presencia.— mis mejillas se ponen rojas.
— Quisieras.— acomodamos algunas sábanas en la zona verde, sacamos la hielera con algunos refrescos dentro y Jack compró algunos paquetes de papas tostadas con mayonesa. —Sigo diciendo que odio que me conozcas tanto.— dije emocionada al ver las papas. Son mis favoritas.
— Eso no es nada, mira lo que cocine especialmente para hoy.— abrió la canasta y empezó a sacar una tarta.
— ¡Dios! ¡Vas a matarme!.— es un pie de limón.
— Y...— sacó dos tazas más.— Aquí hay pollo caribeño y en esta hay ensalada de frutas con helado.— miré asombrada a Jack.
— ¿Haces todo esto por mi?.— asintió.

Y es que mi corazón se va derretir aquí mismo.

Ayer le comenté que no estaba pasando una buena situación emocional, ya que me sentía sola aunque estuviera rodeada de personas. Él se quedó hablando conmigo hasta la madrugada y me dijo que hoy me traería a un lugar para que despejara mi mente. Pidió permiso en su trabajo y aquí estamos.

En este lugar tan perfecto.

— Gracias...— susurré apenas audible para mí.
— ¿Qué dijiste?.— sé que me escuchó.
— Gracias...— volví a repetir.

Sus brazos envolvieron mi cuerpo y me levantaron del suelo para dar una media vuelta conmigo alzada. Al bajarme presionó su rostro contra mi cuello y olio. Si, olio mi cuello.

— ¡Jack!.— me reí, separándome de él pero me volvió a jalar hacia él.
— Déjame olerte, así se me impregna tu olor y no olvidaré que soy sólo tuyo.— lo miré con ternura.

Me separé de él y empezamos a comer papas, probé el pollo y estaba delicioso. No paré de decirle lo buen chef que era y la maravilla de lugar al que me trajo. Después de ello, me quité mi ropa y quedé en bikini.

Lanzándome hacia la poza, Jack hizo lo mismo.

El agua estaba deliciosa, pura y rica.

— ¡Me encanta!.— dije balbuceando al salir a la superficie.
— A mi me encantas tú.— se acercó lo suficiente a mi para que nuestras respiraciones chocarán.
— ¿Por qué no me das un beso?.— negué repetidas veces entre risas.
— Eso es malo, muy malo.— le respondí, una sonrisa pícara empezó a dibujarse en sus labios.
— Te deseo Lex, y te amo con todas las fuerzas del mundo.— apretaba aún más su mano en mi cintura.
— No lo hagas, te harás daño.— mis palabras le dolían, yo lo sabía. Su mirada lo delataba.
— Cuando se trata de ti, podría recibir todo el daño posible. ¿Por qué te cuesta tanto amarme también?.— se separó de mí, una necesidad inmensa de que me tuviera en sus brazos me envolvió, no sé qué me sucedía. Se colocó ambas manos en su cabeza buscando pensamientos que respondieran la pregunta que yo no podía responder.
— Porque el amor no existe.— fría, seca, sin aliento. Eso era yo.
— Existe, ¿cómo explicas lo que siento por ti?. Yo te amo Lex, te amo con cada parte de mi cuerpo. Cada latido de mi corazón me confirma que esto es real. Esto es amor.— una lágrima curveaba su mejilla. O eso creí, ya que su rostro también tenía agua. — Lo siento.

Salí de la poza unos minutos después y me acosté en la sabana.

Jack llegó de sorpresa y clavó sus labios con los míos.

La necesidad inmensa de besarlo llegó a mi, y desesperadamente empecé a la busca de eso. Mis labios empezaron a tener sintonía junto a los suyos.

Nuestros cuerpos empezaron a sentir calor, mi corazón empezó a latir rápido, desenfrenadamente. Empecé a tocar su espalda, su cuello con mis manos mientras mis labios hacían vaivén con los suyos.

— Lex. — susurraba casi inaudible pero mi sed de él me llamaba, seguía besándolo con fuerza, con pasión, empecé a sentir mi zona palpitar y mi piel pedir más de él.

Mis manos comenzaron a bajar por sus pantalones pero, sus labios dejaron de besarme pero él no se quitaba de encima de mí.

Seguí besándolo pero sus labios ya no hacían conexión junto a los míos. El peso de su cuerpo fue más pesado. Abrí mis ojos de repente y lo vi.

Sus nariz botaba sangre por los hoyos, con todas las fuerzas del mundo lo tiré a mi lado y lo revisé.

— ¡Jack! — empecé a mover su cuerpo pero no sé movía.- ¡Jack!.- estaba entrando en desesperación.

Me quedé quieta viendo si su abdomen me informaba que estaba vivo pero, estaba quieto.

— ¡Jack! No es una broma despierta.— comencé a moverlo.— ¡Jack! ¡Despierta maldición!. — pero él no se movía.

Mis manos empezaron a temblar, mi mandíbula estaba tensa pero comenzó a temblar. Las lágrimas empezaron a bajar por mis mejillas y la desesperación invadió mi ser. Comencé a caminar de un lado hacia otro. Sólo nos estábamos besando.

Sólo eso...

¿Verdad?

Yo no pude haberle ocasionado nada.

— Sí. — una tercera vez se hizo presente en el lugar.

— ¿Quién anda ahí?. — Me desesperó más, no he hablado en voz alta, y escuchó lo que pensé. Empecé a girar hacia todo lado buscando de donde provenía esa voz pero, no veía nada.
— No puedes verme, sólo escucharme porque estamos a millones de kilómetros. — ¿Me estaba volviendo loca? ¿La desesperación me llevó a escuchar a mi subconsciente?. — No estás loca, Lexei. —podía leer mis pensamientos.
— ¿Quién eres?. — pregunté, aún llorando. Y con mis manos temblando del terror, del miedo a ser descubierta.
— Mi nombre no importa. Ahora lo que importa es que debes enterrar el cuerpo de Jack antes de que sea encontrado. Debes huir hacia Herlic, es un pueblo fuera de un mapa pero conoces el camino. — estaba desconcertada, mi cabeza comenzaba a girar hacia todos lados. — Lo mataste Lex. — Negué repetidas veces tomando mi cabeza con fuerza. Sollozaba y gritaba. Estaba loca. — No tengo las respuestas aún pero, cuando empiezas a sentir alguna emoción desarrollas el poder que tienes, lo que te convierte en una asesina despiadada. Sin pensarlo lo has asesinado con tu mente. — me reí nerviosa, entre lágrimas que bajaban por mis mejillas. Mientras veía atónita aquel cuerpo que con muchas ganas me había amado.
— Yo jamás le haría eso a Jack, él.. —exploté en llanto, grité y solloce.

Las veces que me cantaba canciones llegó a mi mente como sal en la herida.

— Cava el hoyo. — una pala apareció entre las rocas y decidí obedecer, dejando de lado mis sentimientos.

***

Estaba temblando.

— ¿Quién eres y porqué yo lo asesiné?. — hablé, después de estar en silencio tanto tiempo.

— Mi nombre no importa Lexei. — terminé de colocar la tierra encima de su
cuerpo. Las lágrimas no cesaban y mi corazón cada vez se hacía más
pequeño de dolor. Estoy segura que mi rostro estaba demacrado, mis ojos
ardían. — No entenderás quién eres hasta que busques el pueblo.
Conoces el camino sólo ve por tus padres. Aquí me conocerás. — la voz
desapareció.

Me quedé helada, viendo como lo que tenía en un segundo desapareció, de la
peor manera posible.

En mis manos, murió la única persona que daba todo por mí....

Mi Jack.

— Te prometo, que nunca volveré a dañar a nadie con afecto mi amor.
Porque eso duele, eso mata, eso hace que yo no sea una buena persona.
Ya te perdí a ti, no permitiré que esto vuelva a suceder. Te lo prometo, mi
Jack. — toqué la tierra y me fui de allí, dejando todo en el lugar, dejando
la otra mitad de mi vida allí.

Tomé el auto de Jack, recogí a mis padres y no sé ni cómo. Los logré
convencer en menos de cinco minutos. Y ese mismo día, huí de Florida en
busca de Herlic. El pueblo que revelaría la realidad de quién soy...

Me duele el hecho de no haber podido corresponder en ese momento a Jack,
y cuando tuve la oportunidad de hacerlo...se fue. O mejor dicho, yo lo maté...

EPISODIO 6
Confesión.

Quizá me tomé muy bien la situación o no sé qué sucedió, pero me siento frustrada. Creí que había tomado bien las cosas pero solo pasan cosas tontas por mi mente. Ellos quieren que yo busque a ese científico, que probablemente fue quien modificó mi embrión. Y mis padres, todo este tiempo han sido cómplices y me han mentido.

Y todo empieza a tener sentido.

El 777 en esa casa.

La razón por la que asesiné a Jack.

Mi Jack.

La razón por la que mis padres han sido tan cuidadosos conmigo y no me han dejado sola en ningún momento de mi vida. Siempre me preguntaba cuál era la razón pero nunca me imaginé que fuera algo tan extrañamente peligroso. Porque yo, soy peligrosa para mí misma inclusive. Los chicos me pidieron de corazón y casi suplicándome que actuará normal ante mis padres, debía hacerlo.

¿Por qué?

Así no levantaba sospechas de absolutamente nada y ellos seguirían el roll normal mientras yo investigaba concretamente lo que verdaderamente éramos nosotros siete.

— ¡Lexei!. —mamá me llama por quinta vez, prefiero no hacerla esperar y recoger mi desayuno para irme de una vez por todas para el instituto. Necesito hablar con Anker. — Al fin te dignas aparecer. Ahí está tu desayuno y la pastilla. — la pastilla, si exacto.

— Sabes mamá... —tomé asiento en la silla. —Hace muchos años que tomo
esta pastilla y no me han comentado para qué sirve. Sólo me han
obligado. — indago, necesito respuestas. Y sé que ellos la tienen.
— Ahh, pues... — mamá empezó a tartamudear.
— Son unas vitaminas especiales que te ayudan a mantenerte fuerte. — dijo
papá por ella.
— ¿Entonces podría dejar de tomarlas?.
— ¡No!. — dijeron los dos al mismo tiempo. Estaban nerviosos.
— Quiero decir, no puedes. Tu cuerpo está acostumbrado a recibirlas y de
no hacerlo podría dañar tu sistema. — las respuestas que mamá me daba

casi me convencían pero, yo ya sabia la verdad que me habían estado
ocultando tras toda mi vida.
— Bien. Me iré. — tomo la pastilla junto con el vaso de fresco.

Papá y mamá se despiden de mí y yo salgo casi que corriendo, necesito llegar
a clases.

— ¡Lex!. — Oh bien, un ángel.
— ¡Julia!. — la saludo y ella me invita a entrar en su auto para llegar mucho
más rápido.

En el trayecto ella me comenta sobre la fiesta, bueno, ya es mañana y muero
de emoción por asistir y utilizar el vestido que había comprado en la tienda
de los Blate.

Caminando por el pasillo, me topé con un grupo de chicos.

Especialmente, los chicos que andan alrededor de Harry.

— ¡Hola!. — sorpresivamente, se detiene frente a mi frenando mi paso. Está
sonriente, es un chico muy apuesto. Ventajas que tiene el pueblo de
Herlic. — Soy...
— Harry Just. — termino por él. — Eres tan conocido que no hay necesidad
de presentarse. — extiendo mi mano y la mira dudoso. Segundos
después la estrecha. — Lexei Ray. — me presento y él sonríe.

— Tampoco había necesidad de presentarse. Todos conocemos tu nombre acá. Fuiste el hablar de todo Herlic cuando pisaste esta tierra. — el chico era muy amable, todo un caballero para ser un niño rico.

— Oh, ¿qué hablaban?. — pregunté curiosa.

— Lo normal, una chica nueva en un pueblo lejano. Pensaban que huías de algo pero, al verte deslumbraste con la belleza. Eres la envidia de toda chica aquí. — reí ante sus palabras y él también.

— ¡Lindo Herlic!. — exclamé vacilante. — Un placer Just.

— Espero verte mañana en la fiesta. — asentí.

— Ahí estaré. — le guiñé un ojo y camine hacia mí salón de clases.

Julia y Yaina ya estaban en su lugar y Anker en el nuestro.

Tomé asiento a su lado y coloqué mi mochila a mi lado.

Anker gruñó al tener mi presencia a su lado. — Tampoco me agradas, Blate. — me quejé.

— ¿Te gusto?. — su pregunta me saca de lugar, ¿por qué demonios me pregunta eso?.

— ¿Tan alto tienes el ego para pensar que todo gira a tu alrededor?. — él suelta una risa.

— Veo como me miras desde que me conoces, Ray. Sé distinguir a una chica cuando quiere sexo. — solté una carcajada y lo miré divertida, muy divertida.

— No soy una muñequita como esas con las que te acuestas compañero. Si me gustaras, ya te hubiera follado. Pero como dije, si me gustaras que claramente, no es así. — en tu cara, idiota. He repetido tus mismas palabras imbécil.

Lexei 1

Anker 0

Si, yo sigo pensando que esto es un juego de rivalidad a ver quién gana la batalla.

— Estás actuando muy inmadura.

Ignoré sus comentarios y la clase comenzó.

Sigo diciendo que venir al instituto, me agobia.

***

Todos los chicos salieron del salón a la hora del receso.

Menos yo, y Anker exactamente.

Está como cuidándome, no sé exactamente pero no sé ha movido de mi lado.

Tumbo mi cabeza hacia la pared y recaigo mi peso sobre mi espalda, resoplo en aburrimiento. Anker se quita la capucha quedando en una franela negra, delgada que deja al descubierto su tonificado cuerpo.

De pronto, sus brazos me acorralan dejando nuestros rostros a milímetros, tanto que nuestras respiraciones chocan de manera descontrolada.

No me altero, sé que intenta ponerme tensa o nerviosa pero no lo logrará. De hecho, le bajaré un poco ese ego tan grande.

— ¿Por qué no me miras? — me pregunta, pero lo miro directamente hacia sus ojos, detenidamente examinando con exactitud el color.
— Ya lo hago. ¿No?. — digo sarcásticamente.
— ¿Por qué no me besas?. Sé que mueres por hacerlo. — me dice, sus carnosos labios están muy cerca de los míos y lo único que quiero hacer es follarlo aquí mismo.
— Ya te enteraste lo que sucedió la última ves que besé a alguien. ¿También quieres morir?. — le reto y sonrió coqueta.
— No. Nadie querría besarte. — se aparta de mí, obligándome a mirarlo de inmediato..

Con que así vamos a jugar.

Bien, veamos si le logramos dar una cucharada de su propia medicina nuevamente. La campana sonó y me dispuse a salir del instituto. Y así como lo pensé, así fue. Klaus estaba de pie frente a la entrada del instituto Diokles.

Oh si.

- ¡Klaus! — exclamé emocionada pegando saltitos hacia él. Inmediatamente lo abracé con fuerza.
- ¡Fresita!. — exclamó con la misma emoción correspondiendo a mi abrazo.
- ¿Viniste por nosotros?. — asintió y señaló su auto, su elegante auto.
- Tenemos reunión. Debemos irnos ya. Así que, suban. — yo abrí la puerta del copiloto y me incorporé en el asiento.

No quería ir al lado de Anker, no lo soportaba. Klaus comenzó a conducir directo hacia no sé dónde. La verdad, tomó un camino que yo desconocía por completo pero, él sí sabía exactamente dónde ir. Verlo así, me ayudó a detallarlo mejor de lo que ya lo había detallado. Su cabello oscuro, sus ojos grises como los demás. Su mandíbula estaba muy marcada y su nariz era pequeña. Sus cejas estaban perfectamente perfiladas y su cuerpo trabajado.

Es que, ¿por qué todos los de HAZARD eran tan malditamente guapos?

Estacionó frente a una casa, era muy lujosa. Al bajarnos, quién nos recibió fue Harkor. Y a lo que escuché, la casa es de Fretheis.

— ¡Fretheis!. — me acerqué a ella, un tanto emocionada.

— Hola Lexei. — me abrazó, si. La chica fría y aparte me abrazó. — ¡Al fin están todos! — miré a mi alrededor y no me había enterado.

En realidad si, estábamos todos. Beniamín estaba al lado de Abbleigth, quién le tenía una mano en la cadera.

¿Acaso eran pareja?

Klaus y Anker estaban a mi lado, como guardaespaldas.

Fretheis y Harkor frente a nosotros.

— ¡Garris! ¡Las bebidas!. — gritó exhaustivamente, y un chico con uniforme de sirviente apareció con un carrito que traía una cantidad inmensa de

licores. — ¡Hay que celebrar que estamos los siete reunidos!. — y todos
empiezan a gritar, menos Anker y yo.
— ¿Qué quieres tomar, pastelito?. — Klaus de acerca a mí, sonriente y con
aliento a alcohol, por el trago tan fuerte que acaba de tragar.
— Vodka. — él sonríe de oreja a oreja y me sirve un trago. Le doy una
provaba y cierro mis ojos tras el ardor en mi garganta.

¡Bendito alcohol!

¡Cochinada más mala pero que rico es!.

— ¡Hoy vamos a embriagarnos hasta caer!. — exclamó y todos le hacían
bulla a Fretheis quien segundos después se acercó a mi. — Aquí puedes
ser tú, que nada te va suceder mientras nosotros te protejamos. — le
sonreí amablemente y ella levanta la copa. — ¡Por Lexei!. — grita hacia
todos.

— ¡Por Lexei!. — dicen todos y me miran.

Todos tomamos de la copa y empieza a sonar la música. Abbleigth y
Beniamín empiezan a bailar al ritmo de la misma. Harkor y Fretheis también.
Yo nunca he sido buena para esto en público, y prefiero no salir hacer el
ridículo.

— ¿Bailas, fresita?. — negué riendo. — Te lo pierdes. — yo sólo me reía de
los bailes tan graciosos que Klaus hacia.

Después de un rato, después de horas mejor dicho. Estaba muy pasada de
tragos, tanto que mi vista estaba borrosa y todo en mi me daba vueltas.
Visualice a Klaus a unos metros de mi y me acerqué. — ¡Klaus!. — dije
balbuseante. — ¿Soy fea para ti?. — él arquea una ceja y me toma de la
cintura.

— ¿Por qué me preguntas eso? ¿Acaso no te ves? Eres una puta diosa. — Yo
sonreí torpemente ante su comentario y me maree un poco, pero él
sostiene mi cintura con cuidado.

Logré ver a Anker a unos metros, su mirada estaba puesta en mi y efectivamente está sería mi venganza.

— Bésame. — pedí, el rostro de Klaus se contorciono en confusión. — Bésame. — tomé su cuello con mis manos y él sin dudarlo clavó sus labios en los míos.

Los moví lentamente, pero torpe también. Eran suaves, nuestro sabor a alcohol invadía nuestras bocas pero la intensidad del beso era exhaustiva.

Cada beso lleva pasión, lleva deseo, ganas, cada beso...mata.

Me alejé abruptamente de él y veo a todos mirándonos.

— ¡Lo pude haber matado!. — exclamé nerviosa tambaleándome.
— No. — dijo Beniamín. — Entre nosotros no nos podemos ocasionar la muerte. Si fuera el caso, la duración de ese beso ya lo hubiera asesinado. — miré de nuevo a Klaus quien me miraba muy descaradamente de pies a cabeza.

— Entonces ven a terminar lo que empezaste. — lo llamé con mis dedos insinuándome, él avanza hacia mí pero Anker se interpone entre Klaus y yo.
— Estás muy ebria Lexei. — toma mis hombros y me arrastra hacia atrás sin dificultad.
— ¡Él si quiere besarme!. — le grité en la cara.
— ¿Soy una especie de venganza?. — Klaus se toca el pecho ofendido. — Naaa. — le resta importancia con su mano. — Por mí no hay problema pastelito. Puedo cumplir todas tus venganzas. — me guiña un ojo y le sonrió pícara.
— ¡Lexei!. Debo llevarte a casa. — me exige y trato de soltar su agarre. — ¡Sueltame!. — exigí tratando de darle golpesitos.

Me veía literalmente como una hormiga pegándole a un zapato humano.

<<Mis comparaciones son muy tontas>>

— Vamos. — me miró directo a los ojos.

— ¡No quiero!. Klaus si quiere besarme. — empecé hacer berrinche. — Quiero tu vida, Anker. Puedes tener a cualquier chica a tus pies y vivir sin problemas.

— Mi vida no es perfecta. Claro que tengo problemas como cualquiera de aquí. — responde.

— ¿Ajá? ¿Cómo cuales? ¿No poder follar en algunas ocasiones?. — coloqué ambas manos en mi cintura.

— Tú eres mi problema. Desde que llegaste a mi vida no puedo acostarme con ninguna chica. Tú eres mi maldito problema, tú. — aunque no me encuentre en mis cinco sentidos, estoy segura de lo que escuché.

— Aparte de egocéntrico, yo tengo la culpa que no puedas follar chicas. — me quejé. Es increíble.

— Mejor cierra la boca de una vez por todas Lexei. — estaba enojado.

— No quiero. — me quejé de nuevo y lo empujé. — Vete a la mierda, idiota. — caminé tambaleándome hasta que me tropecé con mis pies y Anker amortiguo mi caída. — Creo que mejor voy a dormir.

EPISODIO 7
Confusión.

Un dolor agudo y fuerte invade mi cabeza, me levanto de golpe y me mareo. Comienzo a ver borroso y por segundos vuelvo a ver normal. Pestañeo un par de veces hasta que fijo mi vista a mi alrededor.

No es mi casa.

A mi costado visualizo el cuerpo de un chico, arqueo una ceja y levanto la cobija para mirarme, suelto un suspiro de alivio al ver que si traigo ropa. Al menos el alcohol no me llevó a perder mi virginidad. Yo sólo me acuerdo de bailar con Klaus y ya no sé qué sucedió.

Debo hacer una nota mental de, *no volver a tomar.*

Lexei no puede recibir alcohol en su organismo.

Muevo mi cuerpo sosteniendo mi frente por el dolor punzante en la cabeza. Suspiro y siento muchas náuseas, tapo mi boca con ambas manos y busco alguna puerta que me lleve al baño.

La puerta de la habitación se abre y una Beniamín muy contenta entra.— ¡Hola Lex!. — al verme se asusta.— ¡Oh! Espera.— cierra sus ojos y suelta aire. Arqueo una ceja confundida y el asco, el dolor de cabeza y las náuseas abandonaron mi cuerpo.— Listo, ¿cómo te sientes?.— asustada bajo mis manos y la miro.— No te preocupes, soy sanadora y te he sanado.

— ¿De verdad?.— asintió.

— Le haré lo mismo a Anker.— Beniamín se acerca al cuerpo de Anker, acostado boca abajo sobre la cama. Está bien dormido. Coloca sus manos encima de su cuerpo y hace lo mismo que anteriormente. — Listo.— levanta un pie y patea con cuidado el cuerpo de Anker varias veces hasta que esté gruñe y se mueve, levantando un poco la cabeza para mirar quien es.
— Vete.— gruñe y vuelve acostar su cabeza sobre la almohada.
— Nada de vete. A levantarte. Debes llevar a Lexei con sus padres.

¡Mis padres!

Mierda, no les avisé. Tienen que estar como dementes buscándome por todo el pueblo con la policía.

— Fretheis les avisó, relájate.— susurra Anker contra la almohada, lo miro atónita.
— ¿Me puedes explicar cómo demonios sabes lo que pienso?.— Beniamín suelta una risa inocente.
— ¿No le has dicho?.— ríe.
— ¿No me ha dicho qué?.— pongo ambas manos en mi cintura.
— Una parte del poder de Anker. Es leer mentes.— abrí mi boca ofendida pero una sonrisa de victoria dibujó mi rostro.

— ¿Has escuchado todo lo que quiero hacerle a Klaus? ¡Qué vergüenza!. — Anker se levanta con fuerza de la cama y se dirige hacia mí.

Beniamín solo ríe.

— No has pensado en hacerle nada a Klaus. Yo lo podría escuchar. — está a centímetros de mí.
— ¿Van hacer una escena como la de ayer? Necesito ir por mi cámara y grabar esto. — Beniamín estaba emocionada pero, un momento.
— ¿Qué escena de ayer?. — le preguntó preocupada.
— ¿No te acuerdas?. — Anker pregunta contra mi rostro.
— No. — Beniamín y Anker se miran. Soltando Ambos carcajadas severas.

Yo me quedo ahí seria, esperando que termine de reír.

— Le rogaste a Klaus que te besara. — comenta Beniamín entre risas. — Para darle alguna clase de celos a Anker.
— ¿Yo hice eso?. — definitivamente Lexei Ray no puede tener alcohol en su organismo.
— Si. Pero te falló. Yo sólo recibiría celos de una persona que me guste. Por lo tanto tú...
— ¡Pastelito de fresa!. — un Klaus muy sonriente cruzó la puerta, directo abrazarme sin siquiera mirar a los chicos.
— ¡Klaus!. — exclamó con la misma emoción abrazándolo.
— ¿Cómo estás fresita?. — la sonrisa de oreja a oreja de Klaus era contagiosa.
— Bien, emocionada. ¿Es cierto que te besé?. — necesitaba tentar a Anker.
— ¡Oh!. — se rasca la nuca. — Sí. — estaba nervioso.
— ¡Lo siento! No estaba dentro de mis cabales. — me disculpo sonriendo y Anker se posiciona frente a mí.
— Debemos irnos ya. — toma mi mano y jala de ella.
— Adiós pastelito. — le sonrió tiernamente.
— Adiós Beniamín. — ella me devuelve la sonrisa y Anker sale conmigo del brazo a toda prisa.

Tropiezo un par de veces con mis propios pies, me lleva en una carrera.

— ¡Detente!. Vas muy rápido. — freno de golpe pero él jala de mi de nuevo. — ¡Anker! ¡Basta! ¡Detente!. — suplico, su agarre en mi brazo cada vez es más fuerte y preciona mucho mi brazo.

— ¡Anker!. — exclama Abbleigth quién estaba sentado en un sofá junto a Fretheis. — ¡Detente! La vas a matar a como la llevas. — Anker se detiene de golpe y lo mira.

Su mirada está llena de odio.

— Sus padres la esperan y es mi deber llevarla a casa. — dice.
— Yo la llevaré. — se ofrece y suspiro en alivio.
— ¡No!.
— ¡Si!. — intervengo y de un tirón suelto su agarre de mi brazo, tomando el cuerpo de Abbleigth como escudo. — Voy con él. — Anker aprieta ambas manos a sus costados y sonríe, ¿cómo demonios pasa de estar enojado a feliz?.
— Bien, como te venga en gana. — gira sobre sus talones y desaparece de nuestra vista.

Mi mano tiembla y Abbleigth lo nota. — Tranquila. — me acaricia la mano.

— No sé qué le ha sucedido. — digo.
— Está obsesionado contigo. Eres la única chica que no ha caído a sus pies incluso cuando él se te ha confesado. — comenta Fretheis.

¿Confesado?.

— ¿De qué hablas?. — pregunto.
— ¿No lo recuerdas?. — negué. — Ayer él te dijo que le gustabas. — la mire confundida. — en diferentes palabras pero lo hizo, y no captaste. Luego te caíste y quedaste dormida. — que tonta que soy yo.
— ¿Están listos para la fiesta en la casa de Harry?. — Beniamín bajaba las escaleras.

Abbleigth a mi lado la miraba de pies a cabeza, con una chispa en sus ojos. Aquella misma chispa que Jack tenía cuando me miraba.

***

Me doy una última vista al espejo y salgo de mi habitación tomando mi bolso junto al móvil. Mis tacones empiezan a sonar por el pasillo de las habitaciones y me acerco a la cocina. Mamá dejó de cocinar lo que hacía solo para mirarme.

— ¡Estas preciosa!.— exclama emocionada examinandome.

— Es muy corto.— papá me mira de reojo y yo suelto un suspiro cansado.
— Ya no tengo quince años papá.— dejo el bolso en la mesa y tomó asiento en el sofa de la sala a esperar a Abbleigth.

Él pasaría por mi.

Anker se tragará las palabras al verme. Al decirme que este vestido no me luciria. Y me veo como una puta Diosa caída del cielo.

El vestido se ajustó perfectamente a mi cuerpo, las piernas quedaron ajustadas y la abertura en una de ellas me hace lucir mis piernas blancas y definidas. Mis pechos, rellenan justo el escote. La gargantilla de oro blanco le dio un toque final. El cabello lo traigo suelto, súper aplanchado que llega hasta mi trasero. El maquillaje es ligero pero mis tacones resaltan mucho. Me veo mucho más alta de lo que soy.

La bocina de un auto me informa que Abbleigth había llegado, me despido de ellos y camino hacia afuera donde se encuentra mi amigo.

El auto negro, tipo ranita, está estacionado frente a mi casa.

La ventana del copiloto baja y deja a la vista un Abbleigth sorprendido.— Me lleva la mierda, eres un monumental.— abro la puerta y me adentro en el auto sonriente.

— Tú te ves muy precioso también.— lo halago y él me examina.

— Vas a volver locos a todos por allá. — niega con su cabeza riendo tiernamente.

El camino se fue en charlas, charlas sin sentido que me hacían reír y estallar en risas. Abbleigth en definitiva, es un amigo de verdad.

La hermosa mansión a nuestra vista me informa que habíamos llegado a nuestro destino. Desde afuera, la construcción era inmensa. Las ventanas estaban diseñadas en vidrio, eran grandes y las puertas eran de vidrio también. Los muros estaban hechos de piedras apiladas y lujosas. Habían muchos autos estacionados dentro del patio y fuera de la casa. Las paredes eran hechas de cuarzo, Dios. Está familia de verdad que era millonaria.

Abbleigth después de buscar donde estacionar el auto abrió mi puerta y me tomó de la mano para salir del auto. En eso entramos a la inmensa mansión donde generalmente estaban entrando todos. Las vistas de algunas personas inmediatamente se posaron en mi de pies a cabeza, me tence un poco pero no solté la mano de Abbleigth por más incómoda que estuviera. Después de entrar, mi boca cayó al suelo, era inmenso. Un salir con grandes linternas con diamantes adornaban el techo. Telas por todo lado decoraban el lugar.

A unos metros visualice a Beniamin que se encontraba con Fretheis y Klaus.

Al informarle a Abbleigth que allí estaban, tomamos rumbo a ellos.

— ¡Chicos! Ambos están preciosos. — comenta Beniamín saludando de beso en la mejilla a todos. — En especial tú, Lexei. — Fretheis me sonríe y Klaus se acerca a mi.
— Lo único que nos divide es esta fiesta, si estuviéramos en otra situación y tú vestida así, te arrancaría de un tirón el vestido y te follaria contra la pared hasta que susurres mi nombre entre jadeos. — susurra en mi oído, trago grueso ante su comentario y me tenso de inmediato. Las mejillas se empiezan a sentir calientes y se que estoy roja. — Te he puesto nerviosa pastelito. — sonríe pícaro y toma mi mano.
— No. — besa mi mano.
— ¿Me concede bailar esta pieza?. — la música latina empieza a sonar en los parlantes y asiento.

Papá y mamá me enseñaron a bailar este ritmo. Ambos nos dirigimos hacia el lugar donde todos bailan y empezamos a moverlos al ritmo de la música. Pero una mirada muy peculiar resaltaba entre todos.

Anker.

Los ojos de Anker escanean la situación en todo momento.

Por encima del hombro de Klaus logro verlo cuando damos vueltas con el ritmo. Si de verdad le gusto, debería acercarse a mi y pedir bailar. Pero claro, es tan egocéntrico y orgulloso que le importa un comino con quien baile la mujer que le gusta.

Klaus para de pronto y mira por encima de mi cabeza, volteo de inmediato y Harry Just está justo atrás mío. — Hola, ¿me permites bailar contigo?. — miro a Klaus en busca de aprobación, él me sonríe y asiente.

— Debes ponerlo más celoso. — susurra en mi oído y aprieta el agarre en mi cadera. Él nota que me tenso. — Ya quisiese yo esas caderas encima de mi. — me palmea la nalga y se va sonriendo victorioso mientras yo quedo ahí, helada.
— ¡Vamos!. — Harry extiende sus manos hacia mí y yo reaccionó de inmediato, tomó su mano y tomamos posición para bailar.
— Despacio, este ritmo es un poco más lento. — él asiente y al parecer, él me lleva a mi y no yo a él.

Sabe más de lo que aparenta.

Las volteretas y los movimientos son tan ágiles que me arrodilló ante su baile mentalmente.

— ¿El alumno superó al maestro?. — sonríe burlón y lo miro.

Tenerlo tan cerca me hace detallarlo aún más, sus ojos azules son tan potentes que me hace estremecer. Su cabello rubio hace perfecto contraste. No sabía la presencia tan elegante que tenía frente a mí por estar pensando en quien sabe qué. Bajo la mirada enseguida porque estoy segura que sí lo sigo mirando mis piernas van a flaquear y caeré a sus pies.

— Ya veo que si. — sonrío y él levanta mi barbilla.
— ¿Quieres salir a tomar un café en estos días?. — me toma de sorpresa su pregunta, él mira mi rostro de confusión. — Digo, si quieres, si no...quieres no...te preocupes...yo — empieza a trabarse al hablar.

Es tan lindo nervioso que me da ternura.

— ¡Claro que si quiero!. — le sonrió de oreja a oreja y él repite la acción. — Será un placer tomar tu invitación. — se acerca a mi oído.

— La mirada de ese chico que se sienta contigo en el insti, nos está mirando de una manera muy efusiva. ¿Son pareja o algo así?. — negué de inmediato.
— Déjale e ignora. — recomiendo. — Solo no le mires. — Harry asiente y pienso una respuesta para Anker, así lee mi mente como siempre invadiendo mi espacio.

Déjalo en paz, está asustado con tu mirada de terror.

Idiota, bipolar.

Harry para de pronto y arqueo una ceja. — Voy por algo de beber. ¿Quieres un cóctel?. — asiento animada. — Espérame al lado de tus amigos. — busco a Beniamín con la mirada pero esta en la pista de baile con Harkor.

Abbleigth y Fretheis están mirándolos.

Me sorprende la manera en la que Abbleigth mira a Beniamín. Es lindo pero a su vez, me llena de nervios que Abbleigth éste enamorado de ella y ella no de él. Me acerco a ellos y me resiven con una sonrisa de oreja a oreja. De pronto siento que me toman del brazo y me jalan hacia atrás.

Vuelvo mi mirada a él.

Anker.

Me está arrastrando del lugar en contra de mi voluntad. Cruza una puerta y la cierra. Observó el lugar, parece un despacho o algo similar ya que está compuesto por un escritorio, estantes llenos de libros y archiveros con llaves.

— ¿Qué haces?.— me arrincona a la pared, posando ambas manos sobre mi cuerpo, apricionandome. Arqueo una ceja ante su pregunta.
— Estoy disfrutando de la fiesta que acabas de interrumpir.— me quejo e intento moverme pero no me deja.
— No me refiero a eso.— me mira, sus ojos grises ahora se ven más oscuros.

En el despacho no se encuentra la luz encendida, pero la iluminación de la luna hace poco visible algunas facciones.

— ¿Entonces?.— entrecierro los ojos en él.

    Hablo de que bailes con Klaus. Que bailes con Harry y aceptes una cita con él.— coloco ambas manos en su pecho e intento apartarlo pero no lo muevo ni un centímetro.
— No te importa. Es mi vida, puedo andar con quién yo quiera.— me quejo.
— Si me importa, joder.— golpea la pared con su mano derecha, cierro mis ojos por el impacto cercano a mi rostro.
— ¿Qué pretendes? ¿Por qué me quieres lejos de todos?.— me acerco a su rostro.— ¿Te gusto? ¿Te acuerdas de lo que me dijiste estando ebrio? ¿No puedes follar otras chicas por qué? ¿Porque soy la única chica que no cae a tus pies y no puedes follartela como quisieras?— ahora el nervioso es él.
— ¡Qué no! Mierda.— se separa de mí y me da la espalda.— ¡No lo entiendes! Mierda.— se toma la cabeza.
— No, no entiendo. Te la tiras de arrogante e imbécil conmigo la mayoría del tiempo. Te comportas como un idiota cuando necesito de ti. ¿Así le demuestras a una chica que te gusta?. Porque eso...— toqué su espalda con mi dedo.— Me quita el interés de absolutamente todo.— suspiro cansada.— Sólo...— hice una pausa.— Déjame en paz y disfruta tu

vida.— me giré para salir del lugar pero él me aprisiona de nuevo contra
la pared.

— ¡No puedo! Tengo una necesidad inmensa de estampar mis labios con los
tuyos. Tengo necesidad de ti. ¡Esto nunca me ha sucedido!.

— Obsesión se llama.— él entrecierra los ojos en mí.— Deja de mirarme
así.— me quejo.

— No es obsesión.— arque una ceja.— Bueno. No lo sé.— empieza a pensar
o eso es lo que veo.

— Lo es, déjame salir. An...

La puerta del despacho se abre.— ¿Qué hacen aquí?— Abbleigth entra un
tanto preocupado.— Déjala en paz, hombre.— se queja y Anker me suelta.
Abbleigth me toma del brazo y me arrastra hacia afuera... No es que ahora
todos los hombres me arrastran hacia donde ellos quieren y sin pedirme
permiso ni consentimiento ante la acción.

— ¡Detente tú también!.— me safo del agarre de Abbleigth de un tirón.—
¡No soy una puta carreta que pueden andar jalando donde les plasca!.—
me quejo y él me mira sorprendido.

— Te estoy intentando salvar.— su rostro se contorsiona en confusión.—
Malagradecida.— entrecierra los ojos en mí.

Abbleigth me mira decepcionado por cómo le hable.— Perdón...— me
disculpo tratando de acercarme pero él se aleja un poco.

— Bien. Pero no volveré a salvarte cuando estés en problemas o metida en
líos. Eres una malagradecida.— Pongo los ojos en blanco y lo tomo del
brazo a la fuerza.

— Escuchame.— empiezo hablar.— Eres mi mejor amigo Abbleigth, la
primera persona que me sonrió al llegar a este pueblo de mierda.—
Suspiro.— Jamás sería malagradecida contigo.— intento abrazarlo.

Se aleja un poco, mi rostro se contorsiona en dolor y él lo nota.

— Son bromas. — me jala hacia él y pega mi cuerpo con el suyo
correspondiendo a un abrazo tierno. — También eres mi mejor amiga
sólo...mantente alejada de Anker...él no es lo que crees. — toma mi rostro
con ambas manos y me da un beso en la frente. — Harry te está
esperando. — Lo señala y sonrió. Está mirándome. — Ve. — asiento y me
dirijo a él.
— ¡Harry!. — llego a su lado.
— Te estaba buscando, pero estabas con tu amigo. — mira a Abbleigth.
— Oh si, es mi mejor amigo. — sonríe tiernamente.

Su mirada conecta con la mía pero inmediatamente la baja. — Aquí traje tu
cóctel. — me lo extiende y le doy un trago pequeño.

Sabe delicioso.

Me quedo charlando con él la mayoría del tiempo, me contó que su padre
trabaja fuera de Herlic pero que no ha vuelto y que él tiene la casa para él
solo. Además de la servidumbre que hace el aseo y se encarga de la mansión.
En otras palabras, es un niño rico, con flow y para nada irritante.

La fiesta continúa con su roll normal. Las personas se acercan a saludar al
anfitrión de la fiesta. El Instituto Diokles no es tan grande pero vaya que los
estudiantes son bastantes. Anker se desapareció, después de que Abbleigth
me sacó a rastras del despacho no lo he vuelto a ver. Mi reloj marca las diez
de la noche, no ando preocupada porque mamá y papá saben dónde estoy y
cuento con permiso. (Suena tonto que una adolescente de 19 años aún viva
bajo el papel de sus padres). Aunque sea una adulta para ellos sigo siendo
una adolescente que no sabe lo que quiere y hay que cuidar. Quizá aún no he
madurado pero sé cuidarme y mis padres eso es algo que no entienden.

 Papá ha sido un poco más liberal con respecto a que yo salga, le ha dicho a
mamá que debo tener vida social pero mamá lo niega. Después de conocer
mi origen he entendido que lo que no quieren, es que yo salga y explote de
alguna cierta forma mis poderes y acabe con la raza humana. Ok si, me he
exagerado un poco, bueno ya me conocen y saben como soy de exagerada y
dramática. Abbleigth me saca de mis pensamientos completamente al verlo
mirar a Beniamín, su vista está clavada en ella. Una chispa de brillo se ve en

sus ojos, asiento mi cabeza hacia Harry informando que ya casi regresó. Me acerco a él, estaba tan distraído que se asustó al tener mi presencia a su lado.

— ¡Deja de asustarme así!.— se queja mientras yo echo a reír.
— Te descubrí Abbleigth.— le susurró cerca de su oído, aunque es un poco imposible aunque yo le llego por el hombro.
— ¿En qué?.— me pregunta preocupado.
— En cómo la miras, no soy idiota yo sé que te gusta.— él traga grueso.— ¿Ella lo sabe?.— niega de inmediato.
— Y es mejor que no lo sepa.— añade.
— Anker puede leer tu mente y decirle.— mencionó y alza sus hombros.
— Yo sé lo conté antes de que lo descubriera.— olvidaba que a pesar de Hazard ellos eran hermanos.
— Oh...— digo.— ¿Por qué no quieres decirle?.— le pregunto.
— Vamos Lex, no es momento ni lugar para hablar. Te voy a contestar luego, lo prometo.— arqueo una caja.— Te lo juro. No te estoy mintiendo.

Lo miro confundida pero confió en él. A lo lejos logró visualizar a Anker junto a una chica, es rubia con ojos azules, su cuerpo es muy perfecto y curvilineo.

— Se llama Karla.— dice Abbleigth en mi oído.— Es una de las tantas con las que se ha acostado Anker.— siento un hormigueo feo en mi estómago.

Estos son celos...

No, no.

No puedo sentir celos del egoísta egocéntrico e imbécil de Anker.

Me ve, y el muy cínico sonríe y luego plasma su mirada en los pechos de la rubia.

¡Imbécil!

Está leyendo mi mente es más que obvio.

Me acerco a paso apresurado hacia Harry, y lo ignoro. No te voy a dar gusto Anker Blate, nadie tiene este poder sobre mi, más que Jack en su momento. Aunque ya no esté conmigo, fue la única persona que logró descongelar toda la frialdad de mi y cuando me decidí a darle todo, a intentar corresponder a su amor yo lo maté, y necesito respuestas esto no puede quedarse así. Asesiné al amor de mi vida, y nunca podré perdonarme esto. Y aquí, ante no sé quién. Prometo cumplir la promesa que le hice a Jack. No volveré a sentir emociones por nadie, no me enamoraré de nadie aunque no he experimentado eso aún. O no lo sé, al rato y si.

EPISODIO 8
Mi mundo.

Hace algún tiempo atrás.

— ¡Rachel! Ven. — llamo a mi amiga quién sigue besuqueándose con su ligue. Uno de los tantos diría.

Ella gruñé, se despide del chico de tez oscura y se acerca a mi.

— Nunca me dejas en paz.— comienza a refunfuñar y sentarse a mi lado.—
A ver, ¿Qué era tan importante?.— me pregunta.— me hiciste cortar un
beso que me estaba levantando la calentura. Así que dime. Suéltalo.
— No entiendo esto.— señalo la tarea.— Y como siempre dejo mis tareas
para fin de clase, necesito ayuda y eres la cerebrito aquí. Puta pero con
cerebro.— palmeo su hombro y rodea los ojos dándome una mirada
asesina.

Examina la hoja.— El tres debes elevarlo al cinco, en está otra aplica la regla
de tres y recuerda que PI no vale eso. ¡Es que eres bruta!.—

— ¡Oye!.— exclamo pegándole en el hombro.— no eran necesarios los
insultos.— ríe y empieza a explicarme cuando una silueta se posa frente a
nosotras. Rachel y yo levantamos la mirada, era un chico. Muy apuesto.
De seguro otro ligue de Rachel.
— Me tapas la luz.— me quejo y suelto un resoplido.— así no terminaré
jamás.— arquea una ceja y le arrebata la tarea a Rachel. Abro mi boca
para quejarme.

¡Qué mal educado!.

— Oye, ¿Qué haces? Las cosas se piden.— se queja Rachel y trato de
arrebatarle de nuevo la tarea pero no deja. Toma asiento frente a nosotras.

Empieza a escribir algo en la tarea y Rachel y yo nos quedamos viéndolo.
Examinando que cojones hace con mí tarea a punto de entregar. Es precioso y
muy apuesto para que sea un grosero.

— Listo.— me lo entrega sonriendo.— ya te la corregí.— me guiña un ojo y
se levanta.— Un gusto Lexei.— se retira, Rachel y yo quedamos con la
boca abierta mirándolo, mientras él nos tiraba miradas se fue junto a su
grupito de amigos. Hasta que ya no lo vimos más. Seguíamos petrificadas
en la misma posición sin decir nada.
— ¿Quién era?.— le pregunto a Rachel.
— No lo sé pero he quedado flechada.— Ruedo los ojos. Como siempre, lo
que tiene de inteligente lo tiene de puta.

Nuestra conversación fluyo en diversos temas.

La campana nos informa la hora de salida. Me despido de Rachel y me dirijo a mi casa, papá quedó en pasar por mi pero preferí caminar. Soy fan de las vistas que tiene la tierra, y más Florida. Ya voy un poco más avanzada, estoy como a dos cuadras de mi casa. No tengo afán de llegar a casa aún, tengo mucha tarea pero encerrarme no es una opción muy agradable para el día tan bonito que hace hoy.

— Oye. — llaman de atrás y me giro. Es el mismo chico. El mismo chico arrogante.
— ¿Ahora vas a corregirme la otra tarea o robarme el teléfono?. — lo encaro.
— Oye no te pongas así. Sólo ocupaba una excusa para hablarte. — arqueo de nuevo una ceja. Mirándolo muy extraño y con ganas de reír.
— ¿No te gustaba Rachel?. — ríe, dejando a la vista sus hoyuelos. Díos voy a derretirme aquí mismo. No sería el primer chico en hablarme pero Dios, este es otro nivel.
— No, ella liga con mi mejor amigo. — se rasca la nuca nervioso.
— Es descortés llegar a un sitio y no saludar ni decir tu nombre. Y más arrebatarle la tarea a una chica. Que extraña forma de ligar. — digo.
— Soy Jack. — extiende su mano hacia mi. — Y perdona por la tarea pero, ¿sacaste 10?.
— No puedo negarlo. Me has ayudado. — él ríe.
— ¿Quieres ir a comer helado?. — me pregunta ansioso y lo miro un poco desconfiada.

No seguiré virgen si sigo aceptando salidas a lo loco. Aunque viéndolo mejor, sería el primer chico con el que salgo.

— Claro.

Si claro, el chico que volvió mierda mi mundo.

EPISODIO 9

Inconveniente.

Mis pies están cansados, decido tomar a Harry de la mano y llevarlo afuera. Está totalmente desierto, la cantidad de personas están dentro de la mansión así que esto es un lugar perfecto para descansar del gentío. No estoy tan acostumbrada a estar rodeada de personas pero está vez hice la excepción.

— Estaba cansada.— le digo apenas entramos al inmenso patio y tomamos asiento en una banca.
— Lo noté. Por eso te seguí.— él se acerca a mí. Me tenso de inmediato.

Su mano acaricia mi rostro, sonrió y cierro mis ojos ante el tacto. Sé que va besarme así que...

— ¡Lexei!.— ruedo los ojos al escuchar esa voz.

Viene caminando a paso rápido hacia nosotros, lleva ambas manos en puños a sus costados.

— ¿Ese es...
— Anker.— lo interrumpo y me pongo de pie.
— ¿Qué haces aquí?.— pregunta apenas llega frente a nosotros.
— ¡A ti qué te importa!.— le reprocho.— ¡Déjame en paz!.
— Ya es tarde, debemos irnos.— toma mi mano y me jala hacia él pero me logro soltar de un tirón.
— Deja de ser tan posesivo.— me altero.— Estás actuando como un demente.— lo enfrento, su rostro está frente al mío.
— Deja de decirme cómo debo actuar. Nos estás poniendo en riesgo.— él me pone en riesgo a mi.
— ¡Egocéntrico!.
— ¡Terca!.
— ¡Imbécil!.
— ¡Egoísta!.
— No soy
egoísta!.
— ¡Lo eres! ¡Sólo piensas en ti!.
— Pienso en todos. ¡Lárgate y déjame sola!.— me altero y lo empujo con fuerza.
— ¡Te vas conmigo!.—niego, pero Anker toma mi brazo de nuevo.

— Ella dijo que te fueras.— Harry interviene y Anker arde en furia.

— ¿Quién te crees que eres para decirme que hacer?.— me suelta y se
   abalanza encima de Harry pero lo detengo con no sé que fuerza.

— ¡Basta!.— le grito con todas mis fuerzas.— ¡Déjame en paz! Deja de ser tan
   imbécil en creer que tienes algún mando sobre mi. Deja de cuidarme la
   puta espalda que yo puedo sola.— empiezo a desahogarme, tanto que las
   lágrimas empiezan a salir.— ¡Me aterra! ¡Te tengo miedo! No puedo hacer
   nada porque siento que vas a tirarte encima de cualquiera que se acerque
   a mi.— miro a Harry.— ¡Lo siento!.— exclamo.— Perdón Harry, estuvo
   muy bonito y a tu lado todo fue perfecto.— lo abrazo y él corresponde.
   Tengo mis mejillas empapadas. Me aproximó a él y depósito un beso en
   su mejilla.— Cuídate mucho.— me despido de él y de nuevo centro mi
   mirada en Anker.— ¡Déjame en paz! ¡No quiero volver a saber de ti,
   nunca!.—lo empujo con fuerza, tanta fuerza que cae abruptamente de
   espalda contra el pasto.

No lo miro y sigo mi camino hacia la salida. En la entrada al salón de la
mansión está Fretheis y Abbleigth mirándome con un rostro contorsionado en
tristeza. Anker es un idiota, lo odio.

Cree que tiene algún poder o conocimiento sobre mi pero está equivocado, yo
sé cuidarme por mi sola y eso nadie lo va cambiar. Quizá no sea la mejor
especialista en cuidarme sola porque me he puesto en riesgo muchas veces
pero trato, y no quiero depender de él en ningún sentido. Osea, ¿Quién dijo
que necesitaba de él? Que se vaya a la mierda, no lo necesito.

Empiezo a bajar las mini escaleras que llevan a la calle y me dobló un pie al
llegar abajo.

¡Increíble!

No usar tacones, nueva referencia.

Saco mi móvil y le marco a mamá, debe contestarme. Pero me envía a buzón,
de nuevo intento marcar pero me sigue enviando a buzón.

¡Me lleva la que me trajo!

Suelto un suspiro de frustración y gruño, esto no me puede estar pasando a
mi, no entiendo en que momento me metí en esto.

— ¡Pastelito!.— me retracto. Él será mi salvación.

— ¡Klaus!.— exclamo cansada, sin ánimos de absolutamente nada.

— ¿Qué haces aquí?. Hace frío.— empieza a quitarse la chaqueta que trae encima y me mira como pidiendo permiso. Asiento confiada y la coloca encima de mis hombros desnudos.

— Esperando a ver si logra pasar un taxi.— le respondo.

Él me mira confundido.— Es temprano. ¿Por qué te vas a ir ya?.— le doy una mirada que espero entienda.—¡Oh no me digas!.

— Anker...—soltamos al mismo tiempo, nos quedamos unos segundos mirando y explotando en risa.

Las carcajadas de nosotros son fuertes y estoy segura que despertamos a casi medio vecindario.

— ¡Cuándo él!

— Siempre...— empezamos a cesar la risa y me mira de nuevo, sus ojos se clavan en los míos y comienzo a sentir una punzada en mi abdomen bajo. Bajo la mirada enseguida.

— Lujuria.— suelta de repente. Arqueo una ceja confundida.— Es parte de mi poder. Mis ojos te darán lujuria y ganas de devorarme.— ¡con razón!.

— Es un poder fabuloso. Te hace conseguir chicas.— le golpeo su hombro levemente en forma de broma.

— No.— dice seco. No sé que es más raro. Qué dijera que no, o que su tono fuera seco. Nunca es seco.— O sea si yo quisiera si. Pero a diferencia de Anker. No quiero follar cualquier chica. No quiero andar tirándome a todas las chicas y tener la fama de ser un mujeriego.— no me extrañaba.

Klaus es un chico fuerte y decidido sobre si mismo. Su poder no es más que un extra a su vida porqué no lo utiliza.

— ¿Te imaginas a Anker con tu poder?.— él me mira y ríe.

— Sería una locura. Es un chico promiscuo.— río y él me toma de la cintura pegando nuestras frentes.

Sus ojos grises se clavan en mis labios.— Te voy a mirar los labios, así no te genero nada.— susurra, su aliento mentolado pega con mis suaves labios y un cosquilleo abrupto aparece en mi estómago.

— Klaus...— susurro ante la cercanía. Nuestros cuerpos están pegados y me siento, rara.. Pero no en el mal sentido. Sino, una sensación pesada sobre querer besarlo.
— Cuando estás ebria eres una fiera. Casi me devoras.— ríe por lo bajo mientras se humedece los labios con su lengua.
— No me acuerdo. ¿Me ayudas a recordar?.— sonrió de medio lado, Klaus levanta mi barbilla con su mano y clava sus suaves labios con los míos. Experimento el suave tacto y el ritmo adquirido es increíble.

Klaus besa de maravilla. Cierro mis ojos y disfruto de aquello, colocó mis manos en su cuello atrayéndolo más a mi y pegándolo con más fuerza a mi cuerpo. Millones de corrientes eléctricas invaden mi cuerpo y la sangre empieza a correr más rápido.

¡Dios!

Klaus es tan bueno en lo que hace.

Nuestras lenguas piden acceso y se topan, bailan un par de veces hasta que la mía invade su boca. El calor que empezamos a sentir inmediatamente no se va y para ser sincera no quiero que se vaya. Nos separamos después de unos minutos, jadeantes y suspirando. Sin embargo él no suelta mi cintura y me atrae con más fuerza hacia él.

— Pastelito eres...increíble.— lame sus labios y sonrió ante su comentario.

— Si esto es una clase de venganza para que Anker...—lo silencio con un
  beso.
— No dañes el momento. Esto no es por él. Es por ti, por mi y por esto tan
  raro y misterioso que sentimos ambos.— le respondo y me sonríe
  tiernamente.
— ¿Vamos adentro? Aún hay cócteles y alcohol.— me río.
— ¿Quieres embriagarme?.— él niega burlón.
— No es necesario embriagarte para que seas tú.— la punta de su dedo roza
  mi nariz y cierro los ojos.

Estampo un último beso en sus labios y nos encaminamos hacia la mansión,
de nuevo. Nos adentramos al inmenso salón, su mano toma mi cintura y me
genera un recorrido de electricidad por todo mi cuerpo. Buscamos a los
chicos, los visualizamos a lo lejos y nos dirigimos hacia ellos. Abbleigth y
Fretheis nos miran extrañados y le sonrió ante la llegada.

— Hola...— susurro apenada por la escena que vieron con Anker.
— Hola pequeña... No sé qué sucedió con Anker allá afuera pero creímos
  que te irías.— me dice Abbleigth.
— Y dejaste que saliera aún sabiendo que no hay taxis, que venía contigo y
  que probablemente nadie vendría por ella.— ataca Klaus pero intervengo
  apretando su brazo un poquito.

El rostro de Abbleigth se contorsiona en dolor.— No pensé en eso, perdón
Lex.— se disculpa y le doy un asentimiento de cabeza.

Ahora comprendo, Klaus es una excelente persona. A pensar de que se
muestre con una actitud alegre siempre, trata de dar lo mejor de sí. Salió
afuera sólo para acompañarme o convencerme de entrar. Y Abbleigth, Anker,
Fretheis ni nadie más lo hizo. Sólo él.

— ¿Te traigo un cóctel?.— niego.
— Un martini.— abre su boca exageradamente y me mira de arriba hacia
  abajo.
— ¿Quieres embriagarte pastelito?.— me mira curioso y río.
— Si.—suelta una leve risa y se acerca a mi oído.
— ¿Para seguir besándome?.— mis mejillas empiezan a calentarse.

— Algo así.— le digo directa y clara.

Da media vuelta y va en busca de ese martini que tanto espero. Estoy un poco loca y debo controlarme un poco.

Anker me gusta, pero su actitud tan de mierda me hace querer mandarlo al carajo pero a la vez me envuelve en su encanto. Por otro lado está Harry, quién notó interés en mi desde el día que lo vi. A pesar de ser un niño rico es un chico súper amable. Pero soy consciente que con él no podría suceder nada.

Y Klaus, ¡Ay Klaus!.

Es tan perfecto, tierno y lindo pero a su vez me hace dudar. Seguro sólo está buscando lo que todo chico busca y es sexo. Y yo Aquí, siendo tan virginal.

— ¡Mi amor!.— llega con un delicioso martini al que le doy un sorbo. El delicioso líquido recorre mi garganta deleitándome con el exquisito sabor que emana.
— Es delicioso...— susurro.— debería de pedirle a Harry la receta.— Klaus rodea los ojos y me mira.
— Estoy celoso de ese Harry.— suelta de repente y suelto una risa.
— ¿Te sientes celoso de Harry y no de Anker?.— es increíble. Harry es un humano con el que no podría mantener relación alguna. Y Anker es alguien con el que si puedo hasta tener sexo.
— Anker es mi amigo, él no andaría con la chica que me gusta.— toso al atragantarme con las palabras que acaba de decir.

¿Yo le gusto?.

Mis mejillas se ruborizan.

— Pero yo le gustó a Anker...— susurro más para mi que para él.
— Lo sé. ¿Por qué crees que actúa como un demente cuando de ti se trata?.— tiene razón.— O ¿Por qué crees que te aleja de todo mundo?. Es obvio que le gustas pero su actitud no tiene balón en la cancha. En cambio mírame a mi, estoy dispuesto hacer todo por ti sin necesidad de tirármela de "Chico rudo".— levanta ambos dedos simulando las comillas.— Te voy a tratar y hacer sentir como la princesa y reina que

eres. La chica que me robó el aire cuando la vi asesinar a ese chico.— los recuerdos de Jack vienen a mi mente pero no me afectan, sólo es un duro pesar.

— Me dejas sin palabras...— y no mentía, la sinceridad y paz que salía de su boca era extraordinaria. Estoy boquiabierta ante su confesión.
— No tienes que decir nada, sólo asentir o negar. ¿Me das el permiso de conquistarte? Mi querida y preciosa Lex.— me pide autorización como todo un caballero.— Prometo no utilizar mis ojos para provocarte a decir que si.— me guiña un ojo y echo a reír. Me acerco a él, me pongo de puntitas y le doy un leve beso, suave y duradero. Él abraza mi cintura y me apega a su pecho. Me da un beso en la coronilla.— Gracias.— se me hace tan tierno que me vea como la chica que le gusta. Tan mujeriego que se veía y tan increíble ser que llegó a ser conmigo. No sólo conmigo, es amable con todas las personas que están a su alrededor aunque lo dañen y le griten cosas, está dispuesto ayudar a quien sea.
— ¿Lexei?.— abro mis ojos, ni siquiera me di cuenta que el contacto con su pecho me haría sentir tanta paz.— Tenemos problemas.— dice inquieto Abbleigth.
— ¿Qué sucede?.— me separo de Klaus .

Nos guía hacia el patio de la mansión y entabla conversación con Fretheis.

— Debes salir mañana, debes encontrar al científico lo más pronto posible.— arqueo una ceja.
— Quizá te preguntes porqué. Pero hay una persona en este pueblo que sabe nuestro origen. O sospecha no lo sé, entraron a la casa 777.— abro mi boca para decir algo pero Anker aparece y me interrumpe.
— Ya busqué en todo lado. No encontré rastro.
— Esa rata es astuta.— me asusta.
— Yo sé de alguien que los investigo. Y estoy segura que ustedes lo asesinaron antes de...— Beniamín me calla.
— Si hablas del reporte que está en Internet, es un blog imposible de borrar y claramente nosotros no fuimos quién acabo con la vida de ese individuo.— Harkor se aclara la garganta.

— Que Lexei busque al científico, mañana mismo debe partir. Fretheis, Abbleigth y yo nos encargaremos de buscar toda información para atar cabos de quien pudo asesinar al bloguero que nos descubrió. Anker, Beniamín y Klaus deben asesorarse de que esa rata que entró a la 777 esté muerto lo antes posible. Si esto es así, no tenemos mucho tiempo y aún no sabemos lo que somos.

Esta situación me pone los dedos de punta.

— Yo acompañaré a Lexei. — se ofrece Klaus pero Harkor niega.
— Necesito tus habilidades para atrapar a la rata, puede ser una chica y caerá rendida a tus pies. — Klaus asiente sin quitarme la vista de encima.
— Nadie puede acompañar a Lexei en esto. Recuerden que gracias a la medicación que tiene, es muy humana. Nosotros no, seríamos detectados por el radar de nuestro creador y nos destruiría. — todos asienten e incluso yo. Fretheis estaba muy informada de todo esto.

— Pero no te preocupes Lex. — Habla Beniamín. — Me he encargado de establecer estos micrófonos y auriculares capaces de soportar millones de kilómetros. Los seis estaremos en contacto contigo en todo momento. Es discreto y puedes andarlo en la oreja. Así también escucharíamos con quien te relaciones y te estaré dando indicaciones para que te protejas. — asiento nerviosa.

Que putos nervios.

Es como una misión de matanza segura.

— No pueden mandarla sola, es arriesgado. Estoy seguro que no ha tomado sus pastillas desde que supo la verdad. — le muestro cara y lo enfrentó.
— Soy una persona con responsabilidades que entiende que al no tomar las pastillas la humanidad o hasta yo, corremos riesgo de ser exterminados. — empiezo hablar. — No sabes quién soy, ni yo lo sé. No hables por mi. — no baja la cara y yo sigo manteniendo mi barbilla en alto.

Harkor carraspea y Beniamín se acerca a mi. Me ofrece su mano y deja unos auriculares pequeños y una prensa de cabello.

— La prensa de cabello es el micrófono. Te escucharemos bien.— asiento nerviosa.

— Debes vestirte de civil. Klet Yuh debe saber quién eres. Está en enemistad con el científico Blackforth, eres su modificación y no te dañará. — asiento varias veces aún nerviosa.

Klaus pasa su mano por encima de mis hombros atrayéndome hacia él.— Todo va salir bien.— Susurra en mi oído seguro al verme tan inquieta.

— Bien. Manos a la obra. Klaus te llevará a la única salida que tiene el pueblo mañana temprano.

Sólo hay un problema.

Mierda, mis padres.

— Harkor puede ayudarte.— entrecierro los ojos en Anker quién acaba de leer mis pensamientos.
— ¿Yo qué?.— pregunta el pobre inocente.
— Convertirte en Lexei para persuadir a sus padres.— me acerco a Anker y pongo mi dedo en su pecho.
— Deja de entrar en mi cabeza. Idiota.— Beniamín carraspea.
— ¿Van a seguir en esto?.— rueda los ojos.
— ¡Está leyendo mis pensamientos!.— exclamo.— Lo bueno es que no leerá lo que haga con otras personas.— digo entre dientes.
— ¿Qué dijiste?.— me encara.
— Vete a la mierda.— Harkor se coloca entre los dos y me toca el pecho. Cierro mis ojos ante una energía que me obligó a hacerlo.

Los abro lentamente y veo a mi copia frente a mi.— Hola, soy Lexei Ray. La chica que está enamorada de Anker Blate pero sale con Klaus Ferrara.— río burlona centrando mi vista en Klaus quién sonríe abiertamente.

EPISODIO 10
Bingo.

La brisa recorre mi cuello y levanta mi cabello. Estoy agarrada de la cintura de Klaus quién va a toda velocidad en la moto. No estoy clara con mis emociones y temo lastimar a las personas. No sé que siento, simplemente mis emociones están tan recluidas que cuando quiero sentir, no puedo. Me daña tanto la idea de estar frente a alguien que me ama <<*y volver a fallar*>>, y si no fuera poco, volver a cometer lo mismo. La moto poco a poco reduce la velocidad hasta quedar quieta. Me quito el casco y me bajo con cuidado. Llevo unos vaqueros rasgados, unas botas altas y una franela negra. El cabello lo traigo recogido en una coleta alta con la prensa de cabello que me extendió Beniamín.

— Hará frío.— me dice sin bajar de la moto, le extiendo el casco.

La carretera es despoblada y no veo salida de aquí.

— ¿Está es la salida?.— asiente.
— Detrás de esos dos árboles juntos, está la única salida de Herlic.— abro mi boca sorprendida.

Beniamín fue ingeniosa al idearlo así. — Hará frío.— repite.

— Llevo una suéter en mi mochila.— entrecierra los ojos en mi.

Se baja de la moto y se quita la sudadera que traía.— Ten.— me la extiende.

— No, como crees que yo...
— Silencio Ray.— se acerca a mi.— Póntela, tiene mi fragancia en ella y cada que te sientas sola sólo abrázala.— acaricia mi mejilla y tomo la sudadera como en cámara lenta.— Además, te vas a ver bien sexi dentro de ella.— me guiña un ojo y lo abrazo con fuerza.

Abrazarlo me genera paz, mi cabeza sobre su pecho es todo lo que verdaderamente necesito. Klaus es el sueño de toda chica enamorada, y aunque yo no esté enamorada <<*aún*>> sé que al lado de él tendré paz, amor de sobra y varios ataques de lujuria al mirarle sus ojos.

— Si yo no regresara...

— Deja de decir tonteras.— me levanta la cara con ambas manos y me mira los labios. Sabe que no puede mirarme los ojos.— Vas a regresar porque sino, yo moveré cielo y tierra por encontrarte.— y seguido de eso me besa, un beso distinto al resto. Un beso dulce y tierno que me hace sentir la persona más llena de este mundo. Unos minutos después se separa de mi y me besa la frente.— Suerte mi amor.— me da un último beso en los labios y me encamino hacia la salida.

Traspaso los árboles y miro hacia atrás, no hay nada.

La carretera no existe.

No hay más que sólo bosque.

¿Qué demonios?.

El escudo, Beniamín es sumamente talentosa cuando de poder se trata.

Frente a mis ojos, tengo una ciudad.

Me encamino y me fijo en los letreros.

Washington city.

Claro, Herlic pertenecía a este estado antes de desaparecer. En el camino, le pregunté a una señora sobre el aeropuerto. Me guio exactamente allí, compre el tiquete de mi vuelo. Y de paso, algo de comer porque ya no aguantaba el hambre. Estoy en espera que nos llamen abordar el avión comiendo un paquete grande de papas tostadas.

— Lex.— me hablan y empiezo a buscar la voz.— Tengo noticias.— que tonta soy, el auricular. Era Beniamín.— ¿Si me escuchas o te volviste loca?.

— Se volvió loca al no acordarse del auricular.

— ¡Deja de espiarme!.— exclamo entre dientes y una chica de al lado me mira extrañada. Le sonrió disculpándome ante el ataque.

Me tuve que haber visto como una tonta hablando sola.

— Escucha y no hables Lexei. Al menos no cuando haya gente cerca.— ush, pero es que Anker altera mis impulsos de agresividad.

— Mi padre te recogerá en el aeropuerto de Inglaterra. Ha viajado desde Rusia para ayudarte. Su profesión es ser un escolta, por eso lo eligieron como mi padre, se llama Vladislav Volkov.— Comienza hablar.— Colocará un anillo de escoltas por todo el perímetro que vayas, no estarás en peligro siempre y cuando sigas las reglas y las coordenadas bien.— Anker lee mis pensamientos así que le diré algo.

Estoy entendiendo todo, prosigan.

— Dice que está entendiendo todo. Que prosiga.— dice Anker en el auricular. Ruedo los ojos.

— Apenas bajes del avión lo verás, lo lograrás distinguir entre todas las personas, es alto y muy guapo. *Entendido.*

— Pasajeros del avión con destino a Inglaterra, favor de abordar por la puerta 34.— tomo mi mochila y me dirijo hacia allá.

— ¡Suerte mi amor!.— sonrió como tonta ante su comentario, como me alegra escucharlo.

Abordamos el avión y tarda algunas horas en aterrizar.

Horas en las que intenté dormir pero mi compañero del lado se durmió en mi hombro, era una anciana y no la iba despertar y aparte no podía por las habladas en mi oído. Al bajar, busco con la mirada al padre de Beniamín.

— No lo veo. — susurro pero no obtengo respuesta, tienen que escucharme. — Beniamín.
— Déjame ver donde está. — beneficios de su poder, es guiar a las personas a un destino o descubrir la ubicación de alguien. — Frente a ti. Levanta la mirada. — levanto la mirada y casi me voy de cabeza al verlo. Es muy alto, su cabello rubio y con barba.
— ¿Lexei Ray?. — asiento boquiabierta. — Ven.

Lo sigo.

— Habla muy pocos idiomas Lex. Si no lo entiendes debes decirme.
— Tienes la suerte de que Lexei Ray venga preparada.

Papá me enseñó variedad de idiomas y para ser sincera, uno de los que más me gustaba era el ruso. Comienzo a seguir al señor, me guía a una camioneta e ingreso.

— Escucha. — me habla Beniamín. — Él te dejará en un hotel. El mismo hotel donde está hospedado Klet Yuh, debes buscar la forma de llegar a él. Suerte. — se desconecta del micrófono y bien.

Qué miedo tengo. La camioneta me baja en un hotel muy lujoso, el señor me ofrece un forro de billetes y los tomo con desconfianza pero Klaus me informa que los tome con tranquilidad. Asiendo mi camino hacia la entrada. Hay un recepcionista con lentes esperando.

— ¡Hola! Bienvenida. — le sonrió tiernamente. — ¿Tienes reservación?. — niego. — ¿Deseas una habitación?. — asiento.
— Solicita una suit presidencial. Llevas bastante dinero para pagarla y estarás cerca de Klet. — Harkor habla por el auricular.
— ¿Me das una suit presidencial?. — el recepcionista me mira extraño. — Es mi primera vez en Inglaterra, y las suit presidencial tienen todos los lujos que necesito. Si es por dinero, tengo todo para pagar. — él asiente y empieza a teclear algo.
— Sólo tenemos dos suit presidencial. La primera está ocupada pero topó con suerte que la segunda no. — suspiro aliviada.

— Bien, logramos entrar.— canta victorioso Klaus. Río ante su risa y el recepcionista me mira raro. <<De nuevo soy una tonta>>.
— Disculpa es que, me he acordado de un chiste que venía contando el chofer.— asiente medio confundido y me extiende la llave.
— Último piso, habitación dos.— asiento y me dirijo al ascensor.
— ¿Cómo es el científico?.— susurro.
— ¿Crees que si lo supiéramos te hubiéramos enviado? Boba.— ruedo los ojos y abro la boca para decir algo pero en el tercer piso ingresa alguien.
— Dejen de pelear. Deben concentrarse.— lo regaña Klaus.
— ¿Quién te crees? Sólo porqué eres su chico no te convierte en la persona digna para darme órdenes a mi. Quizá a ella pero no a mi.— se defiende Anker.
— Soy la persona que te romperá el cráneo si le pones un dedo encima. ¿Tienes algún problema con eso?.
— No me asustas Klaus. Te recuerdo que aunque sea tu chica, tiene sueños húmedos pensando en mí.— ahora si me hartó. Yo no tengo sueños húmedos y mucho menos pensando en él.
— Cierra la maldita boca, engendro. Te crees superior a todos y no eres más que un maldito imbécil.— el señor de mi lado se aleja abruptamente hacia la esquina del ascensor.— Así le dijo Jack a Jei.— trato de disimular inventando nombres para calmar la situación.
— ¿Lexei Ray?.— me pregunta, con los ojos bien abiertos. Yo asiento un poco desconfianza como siempre.— Llevo once años buscándote.
— Dimos con el viejo muchachos.— Gritos y murmuros se escuchan en el auricular y yo sonrió.

— ¿Para asesinarme como quiere hacerlo Blackforth?. — lo encaro y él
  retrocede.
— No hablaremos aquí. — el viejo levanta la vista y hay una cámara. Pero no
  es confiable, no sé que intenciones tiene conmigo. Lo miro
  descaradamente con odio, miedo, él me ha dañado mi vida. — No te haré
  nada. No puedo dañar mi creación. — me extiende su mano para que la
  tome.
— Dile que está bien Lex, necesitamos información. — Anker habla.
— Bien. Iremos a tu suit. — asiente y el ascensor se abre.

Lo sigo, es de baja estatura. Tiene algunas canas y está arrugado. Es un viejo.
Me abre paso y me adentro.

La suit no es una suit como debería. Hay máquinas, hay computadoras y
artículos eléctricos que me sacan de lugar.

— Bienvenida a tu mundo Lexei. —cierra tras mi espalda y saco el arma que
  me entregaron. Suelto el seguro y le apunto. — baja el arma. — más que
  pedir parece una demanda. — no te haré nada. De verdad.
— Ya hice un recorrido del lugar, no hay armas u objetos con los que puede
  dañarte. — bajo el arma y la coloco de nuevo en su lugar.
— ¿Qué haces aquí?. — pregunta tomando asiento en la silla. Yo tomo
  asiento en la mía a la defensiva por si acaso.

— Yo haré las preguntas. Y empezaré ¿porqué demonios hay todo esto en
  una suit de un hotel?. — el viejo ríe y me mira.
— Es la única manera de pasar desapercibido por el radar de Blackforth.
  Desde que se enteró que modifique un embrión ha buscado la manera de
  rastrearme para acabar conmigo y no revelar la verdad. — arqueo una
  ceja. — ¿No sabes nada verdad?.
— Sólo sé que fuimos creados. Realmente no sé más de allí. — el viejo se
  levanta y toma una taza de café.
— ¿Quieres?. — niego, aún no confió. El asiente y toma asiento de nuevo en
  su lugar. —.Empezaré desde cero.

— Tengo mucho tiempo. Necesito que seas concreto y directo. — asiente.

— Soy biólogo, estudié en la misma universidad que Garry Blackforth. Nos graduamos juntos, después de todos los años juntos pues éramos amigos. Creó una corporación de científicos, éramos siete. Avanzó estudios más allá de lo permitido. Todos estuvimos de acuerdo porqué su plan era, mejorar embriones que nazcan con habilidades para destruir la delincuencia en el mundo. Claro que estábamos de acuerdo. — ellos eran amigos, algo así como unión de amigos y apoyo. — Al empezar el proyecto nos dimos cuenta que era algo arriesgado y peligroso. Así que votamos por llamarle *Proyecto Hazard*. Blackforth compró ocho embriones, construimos una máquina con las que fuimos creando, modificando y añadiendo poderes a los fetos. Después de muchas prácticas, a las cuarenta y un semanas rompimos la bolsa de los fetos y nacieron ocho hermosos bebés.

— ¿Ocho?. — Nosotros éramos siete o eso creía.

— Si, eran ocho bebés preciosos. Tres niñas y cinco niños. Todos con ojos grises. — quiere decir, que existe otro de nosotros. — pero, uno de los bebés, cada que alguien la veía directamente a los ojos mataba a esa persona. — Trato de hacer un recorrido por todos y ninguno tiene ese poder. — Ahí es donde entro yo. — se toca el pecho. — el día que los bebés nacieron yo corrí a buscar a Blackforth porqué una de las niñas había vomitado sangre. Y antes de entrar a su oficina escuché como hablaba por teléfono y decía que las armas ya habían nacido. — arqueo una ceja. — investigué más a fondo y llegué a enterarme que él tenía contrato con el Gobierno Ruso Militar donde estaba creando armas humanas letales para ser utilizados en guerra.

— ¿Fuimos creados para atacar en las guerras?.— asiente.

— Exactamente para acabar con el Gobierno Estadounidense. Ya sabes que Rusia siempre ha tenido conflictos con Estados Unidos.— asiento cada vez más confundida.— Yo tomé a la niña con el poder de matar con la mirada y la modifiqué.

— ¿Era yo?.— por inercia le pregunto, y él me mira, asiente y cierra los ojos.

— Eras la bebé más preciosa, tus ojos grises resaltaban entre los demás, eran más brillantes pero tan lindos como letales. Así que te modifique, a tan nivel que te convertí en el arma que acabaría con el mundo entero si quisiera.— eso quería decir que...— Tienes más poder que los ocho de Hazard juntos. Y quizá te preguntes porqué...

— ¿Por qué?.

— Porque eres la única capaz de atacar y vencer al científico. Eres la única que puede convencer a los siete restantes de Hazard para que no sean convertidos en armas de guerras.— lo miro directamente a los ojos.— Cuando empezaron a buscar las familias sustitutas yo me encargué de buscarte los padres. Ellos te aceptaron de maravilla. Les expliqué y les deje las pastillas que tomas. Porque eso te hace humana, si no estás medicada tus poderes despiertan y pierdes la cordura y la razón. Llevándote a ser una asesina. Por eso al modificarte no medí las consecuencias. Por eso asesinaste a Jack. Porque al expresar muchas emociones tu poder estalla arrasando con aquel que las provoca. Es un mecanismo de defensa. Por eso no te has enamorado, por eso sigues virgen.

— ¿Pastelito eres virgen?.— la pregunta de Klaus me hace reír, y estallo en risa. Es increíble que de todo lo que mencionó sea lo único que preste atención.

— Klaus, guarda silencio.— lo regaña Harkor y yo ceso la risa.

— Perdón es que...

— Conecta el auricular a la computadora. También quiero hablar con ellos.— me quedo helada al escucharlo, ¿Cómo demonios sabe?.— Soy científico y humano. Ellos jamás te van a dejar venir y exponer sin estar al pendiente de ti.— lo miro extrañada. Y se levanta a tomar una laptop. Me la extiende y colocó el auricular.

— Él los está escuchando.

— Prosiga señor.— asiente.

— Blackforth no puede tener control sobre ellos, de ser así podría manejarlos hasta donde él quiera. Ahorita están fuera de alcance porqué no sabe donde están. Pero deben destruirlo antes de que los encuentren y los tomen. Aquí a la única que no puede tomar es a Lexei.

— ¿Qué tan peligrosa es Lexei sin la medicación?.— pregunta Beniamín.

— Letal. No tiene cordura, no razona y asesina a todo aquel que se pose frente a ella. Su instinto es matar pero proteger a los siete.

¿Yo tan indefensa que me veo soy capaz de tanto?

— Vistes pastelito. No puedes dejar de tomar las pastillas.— habla Klaus y me hace sonreír.

— Dijiste que eran ocho bebés. Ocho fetos. Sólo somos siete aquí. ¿Quién es el otro?.— habla Fretheis.

— Tengo los expedientes por aquí. Déjame leerlos.— empieza a buscarlos.

— Lexei, eres letal. Yo sabía que por algo no debías dejar las pastillas. A menos que sea algo importante o alguna emergencia.

— Si, la verdad no lo sabía.—confieso, no sabía que podía llegar a ser tan letal.

— ¡Los tengo!.— alza unas carpetas.— Se los robé a Blackforth antes de que me descubriera y huí con ellos y mucha información que logré recolectar.

— Habla.— dice Anker en tono mandón.

— Reconocería esa voz en cualquier lugar. Anker Blate, fuiste adoptado por Abby Blate, Estadounidenses, creciste en Carolina del norte. Tu poder, lector de mentes. Ataques mentales contra las personas. Puedes controlar la mente si lo deseas. Tienes un poder muy bueno.

¿Anker no era hermano de Abbleigth?

— Abbleigth García. Fuiste adoptado por la pareja García. Pareja
colombiana que residía en Medellín, pero los asesinaste para huir de niño
y viviste junto a Anker adoptando su apellido.. — estoy asombrada y
boquiabierta por lo que escuché. — tu poder es el control del fuego. Lo
puedes controlar, crear y destruir. Puedes crear lava e incluso incinerar
un cuerpo vivo si así lo deseas.

— ¡Vaya! Que historial más bueno tiene mi hermano. — exclama Anker y
ruedo los ojos.
— Fretheis Giordano, te adoptó una familia italiana, residiste en Florencia.
Tu poder abarca la muerte. Puedes propinar una muerte segura como,
cuando y donde quieras. Eres matanza segura. Eras la favorita de
Blackforth.
— ¡Sabía que por algo era tan siniestra!. — digo y Fretheis ríe al otro lado de
la línea.
—   Klaus Ferrara, adoptado por un italiano, residiste tu infancia en Venecia.
Pero viviste en todos los países posibles y por haber. Tu poder, la lujuria.
Eres capaz de controlar el deseo sexual en aquellas personas que te miran
a los ojos. Pero eso no es todo. El desarrollo total de tu poder, puede
transformar el cuerpo de un animal en un cuerpo humano sólo para
placer de aquel que lo pida.
— Qué pícaro sos mi amor. — por inercia se me sale el mi amor y el ríe.
— Harkor Moreau, adoptado por una mujer francés. Residiste en París,
fuiste una figura pública y estuvo en muchos lugares de Paris como
modelo. Fuiste reconocido casi que a nivel mundial. Tu poder es,
convertirte en quién tú quieras. Con sólo una foto o mirada tienes la
opción de ser esa persona. Eras uno de los favoritos porqué eras el arma
más letal porqué podías convertirte hasta en el presidente.

Era rudo, muy rudo.

— Beniamín Volkov, fuiste adoptada por un ruso, un excelente escolta, residiste la infancia en San Petersburgo, pero viviste toda la adolescencia en Carolina del Norte. Tienes varios poderes. El primero es la sanación, el segundo el protector. Puedes crear escudos de sanación o protección. Eres ingeniosa y hábil, puedes crear artefactos y bebidas que controlen sus poderes. Eres increíble. Además puedes ubicar personas y objetos a lo largo de la extensión del poder.

¡Bravo por Beniamín!

— Yo sabía que eras increíble mi lady.— dice Abbleigth y sonrió ante aquello tan lindo.

— Lexei Ray, Estadounidense adoptada por una pareja imposible de tener hijos propios, eras de California, pero vivió su mayor vida en Florida. Su poder, es infinito. Letal y eres una Khimaira completa. Estas en el último nivel. El resto ya te lo expliqué.
— ¿Y el otro?.— pregunta Beniamín.
— Jack Damon.— me sobresalto en la silla al escuchar su nombre, mi corazón comienza a latir desenfrenadamente.— Su poder es débil, sólo puede controlar el agua. Por eso fue sacado del proyecto. Pero lo asesinaste.— empiezo a sudar frío y me aferró a la idea que miente.
— ¡Mientes!.—niega.— ¡Mientes!.— sigue negando.
— Lo siento.
— ¿Lex?

— ¡Estás mintiendo!.— vuelvo a repetir hundida en la desesperación.— Si yo tengo el escudo protector entonces debía protegerlo. ¡No matarlo!.— niega.
— Déjame explicarte.— comienza hablar y yo lo único que pienso es cómo carajos no lo supe.
— Klet Yuh, yo misma ubiqué a los siete y yo hubiera dado con Jack de ser así. Él no era uno de nosotros.— dice Beniamín.
— Lo era. Jack y Lexei pasaban la mayoría del tiempo juntos. Y ubicaste a los siete por la energía que tienen todos. Detectaste la de Jack, pero al ver la escena donde Lexei lo asesinaba te diste por enterada que era ella. Pero ella no tiene energía, ella es humana por la medicación.
— ¿Quieres decir que Beniamín sintió la energía de Jack y no la mía? ¿Por eso nos encontró a los dos?.— pregunto y Klet asiente.
— Debiste enterarte.— niego repetidas veces con la cabeza.

¡Mi Jack!.

El que de verdad me amaba, el que daba todo por mi. Él era parte del proyecto Hazard y yo lo asesiné.

— Klet, ¿podrías explicarnos algo?.— pregunta Klaus.
— Claro. Para eso estoy.— responde el científico.
— Lexei no puede besar a los humanos porque los asesina. Pero a mi si me puede besar. ¿Por qué?.— él ríe.
— Blackforth modificó solo a Lexei incapaz de sentir amor o algún sentimiento de bien hacia las demás personas. Tiene un mecanismo de defensa cuando alguien es provocador de sus sentimientos. Por ende, siente instinto protector hacia ustedes lo que conlleva en que, ustedes si pueden provocar emociones más no las demás personas.

— Pero asesinó a Jack y era un Hazard.— se mete Anker.— ¡También podría matarnos si la hacemos sentir emociones!.— Klet ríe por lo bajo y me desconcierta llevándose toda la tristeza que tiene mi alma. Es como si tuviera un martillo y me diera duro en la herida reparando lo que había abierto.
— ¿De qué te ríes?.— Fretheis pregunta al otro lado.

— Está vivo...— suelto un susurro pesado que interpone mis sentidos con el cuerpo. Me pongo tensa en el momento que las palabras salen disparadas.

<<*Mi princesa*>>

Sus palabras hacen eco en mi mente mientras segundos pasan frente a mi. La imagen viva del amor de mi vida traspasa los horizontes que un día contemplamos juntos.

Klet ríe.— Lexei no puede asesinar a los suyos.

— Fui testigo de cómo lo enterró.— aclara Beniamín.
— Si, pero él salió de ese hoyo vivo. Sólo, y ahorita mismo anda buscando a Lexei allá afuera. Él también desconocía lo que era cuando me encontró, es más humano que cualquier otro humano.

Sólo los escucho hablar mientras mis pensamientos me vuelven loca.

— ¡Iré por él!.— me levanto de la silla.
— ¡No!.— grita Anker.
— No puedes, vuelve Lexei. Aquí repasaremos un plan para encontrarlo.

Arrojan mis estribos y explotó.

— Me he sentido culpable todo este tiempo de una muerte que no cometí. Sentí su cuerpo inerte frente a mi. Lo rechacé un sinfín de veces y nunca le dije a la cara que era ¡Lo mejor de mi puta vida!.— exclamo.— Así que no vengan ahora a exigirme como debo portarme ante la situación cuando el amor de mi adolescencia está allá afuera, vivo, formando parte del proyecto y amándome con cada latido de su corazón.— las lágrimas empapan mis mejillas.— ¿Dónde está?.— le pregunto a Klet. Él me mira con ojos de lastima pero , no estoy para darle una puta lágrima de lastima a nadie.

— La verdad yo si te amo con cada latido de mi corazón.— por inercia me giró ante su voz, mi corazón cae al suelo y corro ante sus brazos, me abalanzó sobre él enrollando mis pies en sus caderas y metiendo mi cabeza entre su cuello. La fragancia suave que lo caracteriza alarma

mis sentidos volviendo a la realidad que tengo de frente... —
Jack...perdóname. — susurro entre su cuello.

La vida nos golpea de distintas maneras, a mi me golpeó la muerte de Jack
pero, no murió. Es como si me hubieran devuelto el alma al cuerpo y
sentirme la persona más feliz del mundo ahorita mismo.

— Yo no tengo nada que perdonarte. Lo hiciste inconscientemente. — mi
  vista se vuelve a clavar en el científico.
— ¿Por qué a él no puedo besarlo y a Klaus si?. — le pregunto curiosa. —
  Jack no es humano. — le aclaro.
— Porque fue descartado del proyecto Hazard, él no está dentro de tu
  instinto protector. Por así decirlo él es una amenaza contra tu sistema
  de defensa pero por nacer a base del proyecto no importa cuanto lo
  dañes que no puedes matarlo. — miro a Jack y a Klet en reiteradas
  ocasiones. — ¿Cómo llegaste a él?. Yo me llevé tu auto. — le pregunto a
  Jack.
— Yo lo encontré. Y le confesé la verdad. — me responde Klet en lugar de
  Jack.
— Tengo afán por irme ya. — digo.

Camino de un lado hacia otro y todos aguardan silencio. Inclusive mi grupo.
No puedo pensar ahorita y lo que necesito es ir corriendo hacia donde mamá
y darle un abrazo por haber aceptado tener un demonio como hija.

— Pastelito... — su voz, se me hace un nudo en la garganta.

¿Qué le voy a decir de Jack?

Bueno ya esa historia la tiene presente. Pero qué le diré ahora que él está aquí
o mejor dicho... ¿Qué voy hacer?

— ¿Si?. — le respondo y vuelve abundar el silencio.
— He comprado ingredientes para hacer un pie de limón juntos... No sé si...

Pero antes de seguir hablando.

— ¿Quién es?. — me pregunta directamente Jack, mirándome a los ojos.

La pantalla de la laptop se ilumina y seis pantallas son notorias en la laptop.

— Klaus.— responde sonriente agitando su mano en modo de saludo.— El chico del que Lexei quedó encantada.— me guiña un ojo y no sé en qué hueco meterme.

No por el hecho de que le deba algo a Jack, sino por el hecho de que ya sé lo que va decirme cuando...

— Dijiste que no sabías porqué no sentías...— susurra Jack hacia mi. No lo miro.— Dijiste que yo te gustaba pero que no podías sentir cosas hacia mi.

— Jack...—intento acercarme pero me aparta.

— Ella no siente nada por nadie.— interviene Klet y lo miro por entrometido.— Le quitaron la emoción del amor. Por ende, es humana actualmente pero no se acostumbren a esta versión tan calmada y linda de ahora. Puede amar pero se requiere tiempo de preparación para devolverle la emoción.— le arqueo una ceja y me extiende una caja.— Aquí hay veinte tarros con 77 pastillas cada uno. Dejarás las pastillas que tomas actualmente y empezarás a tomar estas.— me extiende la caja y la acepto confundida más de lo que estaba.

— Es para controlar tu poder. Esas pastillas harán que empiece a actuar como una Hazard después de tomarlas. Pero controlando todo.— dice Fretheis.— Por cierto, estás muy guapo Jack. Lexei tenía razón al decir que eras el amor de su vida.— ella le guiña un ojo a Jack, quiero hablar pero soy interrumpida.

— Lastima que ahora sea yo.— dice Anker y ruedo los ojos.

— ¿Podrían concentrarse?.— Abbleigth habla y todos lo miramos.

Es la primera vez que habla en todo el rato que llevamos aquí. Puede que sea una bobada o lo que sea, pero de nosotros siete (ahora ocho) el que se rescata de buena persona es Abbleigth que a pesar de todo, siempre trata de opinar lo necesario más nunca cosas crueles o que hieran a las demás personas. Es de ese tipo de persona que prefiere caer en el fuego que las personas a su alrededor y más, cuando existe algún vínculo sentimental que los una.

Todos quedamos en silencio después de un rato.

— Iré por Lexei.— se levanta Anker y Beniamín habla.

— No. Te descubrirán.— dice.

— Puedo tele transportarme. No van a atraparme.— se defiende.— Además
preferiría mil veces que me descubran a dejar a Lexei dos segundos más
con esos idiotas.— ya empezó el Anker posesivo de siempre.

Tratando de hacer creer que tiene algún poder sobre mi lo que obviamente no
es así. Es tan engreído. Pero un momento, él dijo tele transportarse.

— ¿Podías tele transportarte? Y aún así me hicieron venir en avión y todo el
desmadre ese.— me quejo para todos y Fretheis rueda los ojos con su
aspecto arrogante y demandante que la identifica. La amargada de todos.

— Hubieran descubierto a Anker. Por eso no puede ir por ti. Y él no va ir,
no puede.

— Si puedo. Así que te vas a venir conmigo.— demanda y ahora soy yo
quien rueda los ojos.

— ¿Tienes pasaporte aquí?.— le pregunto a Jack desviando el tema y la
atención de Anker. Efectivamente no debí ignorarlo de esa forma.

Se levanta con fuerza y su puño impacta el escritorio donde descansa la
laptop de él. Su mirada está oscura, sus ojos no son los mismos ojos claros
que lo identifican, llevan a un vacío aún más grande e inquietante.

— ¡Él no va venir! ¿No escuchas que ya no forma parte de Hazard?.— exige
y me levanto de la silla guiándome hacia la laptop.

Lo miro fijamente y abro mi boca para hablar.

— Sea o no sea de Hazard ¡Viene conmigo! Si no nos une Hazard nos une la
vida y los momentos que pasé con él. Así que te guste o no, viene
conmigo porque quiero y ¡Porque me da la puta gana!.— no se inmuta,
sólo me repara la cara y se ríe.

— ¿Pararon la contienda?.— habla Harkor. Me acomodo de nuevo en la silla
y le pongo atención dándole un asentimiento.— Necesitamos reunirnos
todos y preparar un plan que nos lleve acabar con nuestro creador. Para

eso necesitamos a Klet Yuh para que nos informé y detalle donde y como
encontrar a Blackforth.— comenta y miro a Klet quién no se ha movido
de la silla.

— Vaya. Yo pensando que entre ustedes no iban a sentir atracción y vean.
Tres chicos enamorados de una misma chica indecisa.— se burla y
entrecierro los ojos en él dándole una mirada asesina.

— No soy indecisa.— me excuso y Harkor continúa hablando de como tiene
pensado buscar a Blackforth, mientras yo sigo pensando y analizando
que cojones voy hacer con mi vida amorosa.

EPISODIO 11
No es momento de amar.

Narrado por Lexei.

Blackforth es mi peor verdugo, me marcó y por mucho que quiera borrarlo
no puedo.

La marca que me impuso se llama <<*no sentir amor*>>, no solo me dejó
tambaleando al borde del abismo, sino que intenta empujarme cada que
quiero sentir amor. Lo tengo en mis venas, pero la tortura de saber lo que
Jack pasó y vivió conmigo es una catapulta en un mar de desespero, es difícil
cerrar los ojos y ver lo que soy ahora. Aquellas noches llenas de delirios,
pesadillas y depresión por culparme de no amar a Jack. Las veces donde me
sentí tan triste que llegué a pararme en el borde de una ventana y pensar en
saltar. Tuve un tiempo lleno de rabia y desconsuelo, lastimaba a las personas
que me rodeaban, intentaba escapar, quería matar a medio mundo con tal de
conseguir el amor que deseo sentir. Si me hubiesen puesto a elegir, hubiese
preferido que me pegaran un tiro en la sien y saber que me fui contenta

porque amé. Si tuviera la opción de elegir, hubiese preferido morir antes de pasar por tanta mierda.

***

Narrado por Klaus.

Han pasado tres días desde que nos enteramos de toda la realidad de Hazard, estamos conscientes de todo y es lo importante. Lexei se trajo a ese tipejo con ella y duerme en casa de Fretheis porque sus padres no pueden enterarse de que Jack vive. Yo estoy sentado en una mesa junto a Klet... El verdadero creador de Lexei.

— Ella puede sentir... Quizá dándole mucho amor... — menciono siguiendo la conversación. — Lexei no es mala.
— Es peor. — se sienta en la orilla de la mesa. — Es mi creación y la adoro, pero nunca le pondría un hombre al lado, no sabe querer.
— Si sabe. — me siento a su lado. — Solo hay que cavar hasta el fondo, quiso una vez con Jack, puede volverlo hacer.

Ríe con ironía. — ¿A eso te aferras? ¿A la desfachatez que cometido metiéndose con un humano?

— Lo quiso...
— Jack Damon no fue amor. Medio despertó algo en ella, cosa que se apagó cuando lo mató. —se toma el puente de la nariz.— Eso no la ablandó, Klaus. La puso peor, porque si antes no amaba porque no quería ahora lo hace para demostrar que es inmune al sentimentalismo. —Ignoro la punzada de decepción.— Soy mayor y maduro, distingo entre lo bueno y lo malo. Y Lexei Ray es mi creación y por ende te digo que no te enamores de un ser en donde su mundo no ronda el amor.

Y es que por más que intente meterme en mi cabeza que Lexei es el amor de mi vida, me pesa mucho el hecho de que no pueda sentir amor. Pero lo sintió, y nada me cuesta a mi ayudarla a sentir de nuevo. Me despido de Klet y me dirijo a la habitación donde está Lexei. Pero las voces de adentro llaman mi atención prestando atención desde la puerta.

— ¿Cómo es?.
— Como tú.— escucho reír a Lex.— Especie en vía de extinción, de esos que saben querer.
— ¿Lo amas?
— Lo estoy conociendo, llegó cuando más sola me sentía.

Lex se me viene a la mente, también llegó en un momento de soledad.

— Me dirás terco, pero creo que lo nuestro aún no se termina de escribir. Y es doloroso saber que mientras yo trato de pasar la página tú estés escribiendo otro libro.— una silla suena.— Sin embargo, me quedo con la tranquilidad, de que no fui yo, pero que tampoco será ese otro tipo de Anker.— están hablando de mi.— Estaré siempre para ti, Lexita. Si ese nuevo chico te falla, si notas que no es lo suficiente hombre para ti, recuerda que estaré aquí esperando una nueva oportunidad de amarte.

Se escucha como un buen chico.

— No quiero ponerte cadenas.
— No son cadenas, el amor no ata ni lastima. Sin embargo te deseo lo mejor.— abro la puerta y Jack está dándole un beso en la frente a Lex.
— ¿Vuelvo después?.— pregunto y Jack niega acercándose a mi.
— ¿La cuidas si?.— su rostro se contorsiona en dolor.— Es lo mejor que la vida me dio y no tenerla cerca me aterra. Así que espero sepas valorar la increíble mujer que es.— me palmea el hombre y asiento. Él sale y quedo solo con Lex.
— Él...— intenta explicar pero me acerco a ella callándola de un beso.
— No importa... Yo seré paciente pastelito.— le digo contra sus labios y los mueve lentamente.

Es que no me importa que tan letal sea, no me importa que tanto daño pueda auto ocasionarme yo, no ella. Porque a pesar de todo soy yo quien sabiendo lo que ella es, insiste en tenerla su lado. Porque soy lo suficientemente egoísta para no querer verla con alguien más. Me destrozaría en mil pedazos.

Después de estar un rato con Lexei me dirijo a la casa de Fretheis. Aunque la mayoría de las personas digan que es una arrogante y amargada para mi, es mi mejor amiga y la que siempre está para darme consejos. No es una amargada cuando de mi estado emocional se trata y eso se lo voy agradecer todo una vida.

Ella es ese tipo de chica que bajo su aspecto duro cubre la maravilla de mujer que es. Cosa que Harkor no ve.

Porque sí, desde que llegamos a Herlic ella ha estado profundamente enamorada del friki.

— ¿Clase de psicología?.— entró a su habitación sin tocar y me recibe con una sonrisa. Está acostada en la cama, viendo un libro que no distinto cuál es.
— Ven. Aunque sé exactamente de lo que vas hablarme.— río, ella conoce hasta mi peor faceta y es algo de lo que no me arrepentiré nunca. No me juzga y siempre me da su apoyo.
— Tengo miedo.— empiezo.— Ese chico...es el único que ha despertado algo en Lex. Pero Klet dijo que ella no sabe querer...ella no siente. Y por otro lado está Anker. Ya sabes que fue el primer chico al que ella le puso interés.
— Anker es macho dominante y te aseguro que Lexei no es una chica con ínfulas de cordero manso. Jack es igual a ella, aunque tuvieron que pasar por muchas cosas juntos te aseguro que esa historia no se repetirá. Pasar por tanto tuvo que afilarle las garras a ella, y me atrevería a jurar que no vino a ser juguete de nadie y mucho menos de Anker.
— ¿Cómo lo sabes?.
— Su carácter lo dijo todo.— se encoge de hombros.— Lo hizo como la dueña de su propio sentir. Centrada en lo que verdaderamente le importa, mirada en su objetivo. Se fijó en Anker y en ti, pero no determino a Jack para querer volver con él. Y se quedó contigo sin cuestión de decidir.
— Y casi mata a Klet.
— No vino traumada mi querido amigo, otra hubiese detenido el ascensor cuando Klet le habló. Pero ella no lo hizo, corrió en la deriva literalmente,

sin desviar su objetivo que era descubrir nuestro verdadero origen. — Me hace reír. — Por poco lo manda al otro lado.

— Entonces no sentiré temor. — digo y ella me abraza. Lo correspondo.

— No debes. Eres importante para ella. Porque te definió incluso frente a Jack cuando preguntó quien eras.

Mi conversación con Fretheis levanta mis ánimos y me concentro en lo que verdaderamente importa.

Amar a Lexei e intentar que me ame también.

***

Narrado por Anker.

La situación me carcome por dentro y lo único que quiero es ahogarme en alcohol. Es lo único que me desvía un poco de la realidad. Pero mi vista va a la mujer que se posa en el umbral de la puerta de mi habitación.

— ¡Vete!.— le exijo.

— Deja los delirios de control.— me arrebata la botella.— Suficiente tengo con papá.— La dejo, no quiero empezar una disputa.— ¿Por qué estas enojado? Deberías estar agradecido de estar bien, después de todo lo que pasó ya que sabemos la verdad.— Ruedo los ojos.
— Quiero estar solo.
— No.— se sube encima de mi a horcajadas.— No voy a dejar que te ahogues en alcohol por una tontería.
— Si te me subes encima es porque te vas a quitar la blusa y dejaras que te penetre.
— ¡Que romántico!.
— Directo, romántico jamás.
— ¿Es por ella?.— busca mis ojos.— Ella es la que te tiene enojado.— guardo silencio.— Hablemos.—me besa.— No estoy para juzgarte, estoy para escucharte.

Me toma la barbilla y mete la lengua en mi moviéndola tan rápido que mi miembro empieza a endurecerse.

— ¿Algún día dejaré de pecar?

Niego.—No, si le sigues coqueteando al diablo.— Se ríe.

— No cambia, Blate.
— Y usted no deja de gustarme, Volkov.
— Amo el romanticismo.
— ¿Beniamín?.— la cabeza me da vueltas por todo el alcohol en mi sistema.

— Volkov se oye más sexi. — frota su sexo contra mi erección.

Tengo que parar.

— ¡Quítate! Estás encima mío volviendo a la misma monotonía de mierda
para que luego vayas y le digas cursilerías a mi hermano.

— No hablemos de mentiras, se oye hipócrita de tu parte porque eres
mucho más mentiroso que yo. — me encara. — Hipócrita que finge y se
hace el fuerte diciendo que estoy muerta para ti, pero por dentro está
ardiendo cuando de Abbleigth se trata. — niego.
— No miento, estás muerta para mí.
— Quiero seguir estándolo. — se baja de mi.
— ¡Eres tan absurda!. — le grito.
— ¿Tanto dolió?. — busca mis ojos. — Creo que sí. Mi escape de tu vida fue
un disparo a tu ego y te dolió saber que Lexei no era tan tonta como yo.
Por eso te enamoraste de ella. — me entierra el dedo en el pecho. — Pero
no podías tenerme para hacer lo que se te diera la gana y es lo que te
molesta ahora, verme y recordar que fui la primera en complacerte como
era pero ahora llega ella y es la primera que te dice que no. — Le tomo los
brazos y acerco nuestras bocas, echa la cabeza hacia atrás. No quiere
besarme.
— Te fuiste, pero tuve mil mujeres más para reemplazarte. Y lo de Lexei no
es más que capricho por no poderla tener. — respira mi propio aire.
Primera puñalada al orgullo. — Y no sentí dolor de nada, porque no soy
de los que se deja llevar por la pena. Yo avanzo, evoluciono y me
mantengo invicto. — la pego contra mi pecho. — Y de que te sirve decirme
una vez no si regresaste a decirme mil veces sí.

— ¡Eres un maldito!. — Intenta soltarse, pero no se lo permito.
— Le dolió a Abbleigth que no lo amaras como él te ama, le dolerá a
cualquier tipejo. — continúo. — pero a mí no, Beniamín. No intentes
invertir el papel conmigo porque sabes lo que soy y lo que seré.
— Cenizas.

Niego. — El hombre que amas. — la suelto. La ira me corroe.

— No se tropieza dos veces con la misma piedra.

— Si, si te encariñas con ella.

— Yo no me encariñe contigo, Anker de hecho, me arrepiento de haberte elegido por encima de Abbleigth quien si daba todo por mi.

— ¡Lárgate con él! Mi corazón no te pertenece. Le pertenece a quien no puedo tener. ¡Lárgate!.

Una lágrima corre por su mejilla y sale de mi habitación con prisa. Seguro va ir a llorar como una bebé a su casa. Me empujo la botella de nuevo tratando el líquido delicioso que recorre y quema mi garganta.

Lexei tiene una debilidad y ese talón de Aquiles, soy yo. Me empino la botella y acabo con el cigarro, abren la puerta de mi casa y no me molesto en ver quién es.

Harkor se deja caer en el sofá y Abbleigth se va directo a la nevera.

— ¿Listo?.— pregunta Abbleigth. Asiento cerrando las puertas de mi habitación. Iremos a un bar.

— Dilo en voz alta para que te convenzas.— me dice Harkor.— ¿Quién eres?— Suelto la colilla en el cenicero.

— El puto talón de aquiles en Lexei Ray.

EPISODIO 12

Sin sentimientos.

Narrado por Beniamín.

A veces las situaciones no giran a nuestro favor. Cuando creemos que hemos tomado la decisión correcta, el destino llega y nos pega una cachetada llena de realidad informando que hemos cometido una estúpidez. Es menos arriesgado escuchar la mente y no el corazón cuando de amor se trata. Cuando de pasión y líos se está involucrado. Quizá sea la única manera de no fallar a la toma de la realidad. O la única salida al no salir lastimado y con el alma rota. Considerando la opción de actuar como un puto ser sin sentimientos o seguir en busca de aquello que tanto anhelamos conseguir.

En mi caso, Anker.

Tengo rabia hasta por donde no debería de tener. Pero también mi cuerpo lo aclama a él en busca del sexo tan brusco que me da.

Y como si el universo no le bastara con ponerlo de frente. Viene entrando a la 777. Sólo y con la sudadera que lo cubre por completo.

— ¿Lexei?. — llama a la puerta pero no hay nadie aquí. Estoy yo.

Sostengo las sabanas conteniendo las ganas de partirle la cabeza por tiran e hijo de puta.

Abre la puerta y ni se inmuta al verme. Pero una pizca de decepción aborda sus ojos al darse por enterado que no soy quien busca.

— Quítate la ropa y dame lo que quiero. — dice, mirándome y con un tomo mandón. Se ríe.
— ¡No me interesa nada contigo si vas andar con juegos pendejos!. — Se sigue burlando.

— Pídeme de rodillas que quieres que te folle y con mucho gusto lo
    hacemos.
— Ni que fueras un Dios.
— No lo soy, pero me veneras como tal.

Maldito impulso que me hace desearlo. Me estresa, pero no voy andar
rogando nada subiéndole el ego.

— ¿Ya estás ideando el discurso?

Me levanto mirándolo a los ojos. — ¿Vamos a jugar así? Si nos vamos a poner
en este juego, creo que será otro el que terminará suplicando por sexo.

— Yo no le ruego a nadie y lo sabes.
— Permíteme dudar. — lo desafío dándole rienda suelta a la idea que acaba
    de surgir.
— No lo dudes, es así.
— Veremos quién es más caracterizado por egocéntrico. — le doy un beso en
    la mejilla. — Te veo por ahí mi amor. — salgo de la habitación y me dirijo
    a la puerta principal para tomar mi auto y largarme a mi casa.

Pero al abrir la puerta, Abbleigth me detiene el paso. Me detengo
abruptamente maquinando si él escuchó algo de la conversación con Anker.

— ¿Qué haces aquí?. — me pregunta.
— Andaba haciendo unas cosas. Ya me voy. — salgo. Sin dejar que me siga ni
vea que estoy, enamorada de Anker Blate. ***

Narrado por Lexei.

— ¿Por qué siempre llegas tarde? — pegué un brinco, es increíble. Ni en la
    777 puedo estar tranquila sin interrogaciones.

Traté de abrir la puerta lo más silenciosa posible para no despertar a nadie,
pero allí estaba Anker observándome desde el sofá.

— No te importa, ya déjame en paz.— no tomé hoy, tuve que alzar a Fretheis como un saco de papas para que no chocara con el piso y le pasara algo.
— Si me importa.— se levantó del sofá, le reste importancia. Sólo quería llegar al sótano para la reunión.

Me acerqué a la puerta del baño y accedí a el, cerré con seguro por si a Anker se le ocurría entrar.

Despoje mi cuerpo de la ropa que traía, miré mi celular.

4:55am

Todos deben estar bien dormidos, pero seguro ahorita llegan. Bueno, Harkor duerme aquí siempre y Anker de ves en cuando.

Dejé que el agua recorriera mi cuerpo.

Después de un corto baño, decidí colocarme una pijama para esperar a los demás.

Abrí la puerta y si, efectivamente Anker estaba parado justo al frente.

— ¿Qué?.— estaba cansada, quería dormir y lo que menos quería era un contienda.
— ¿Qué te traes en manos?.— le arquee una ceja— dejas que te diga que me gustas y luego actúas como si nada hubiera pasado.— traté de esquivarlo pero no me dejó.
— Realmente no pasó nada, más que una confesión.— su mirada penetro más allá de mi cuerpo.
— Te equivocas, ambos sabemos que existe mucha química entre nosotros.— negué riendo.
— La química explota cuando se llega alterar.— intenté esquivarlo de nuevo, me tomó de la cintura y chocó con fuerza mi espalda contra la pared, gruñí.
— Haré que explote.— una sonrisa pícara dibujó su rostro, metió su mano por debajo de mi blusa hasta llegar a mis pechos. —   Anker, no— retuve su mano.

Con su mano libre junto mis manos con fuerza hacia arriba, dejándome inmóvil. La culpa empezó a carcomerme, entonces le tire un rodillazo en su entrepierna y corrí al sótano.

No sé en qué momento me quedé dormida.

***

Me acostumbro a la luz que entra por la puerta, parpadee un par de veces. Me duele mi cabeza, y eso que no tomé. Enderece mi postura para no marearme al levantarme. Unos minutos después me levanté, me dirigí al baño, me duché de nuevo y me mudé. Anker ya no se encontraba en la casa, ni sabía que hora es.

Opté por un vestido rojo pegado al cuerpo y las sandalias negras que papá me había regalado.

Miré el reloj.

7:00am

Me asusté, salí disparada hacia la cocina. Ya es para que estuvieran aquí.

Encendí el móvil y tenía un mensaje de Beniamín.

Cambio de planes preciosa, te veo en casa de Fretheis.

Me dirigí hacia el auto, lo arranque.

Gracias al cielo conocía la ruta.

Llegué en segundos.

— Buenos días— saludé apresurada al guardia de seguridad, entre a la casa y dejé el auto estacionado.
— No te llamé porque realmente no quería molestarte.— este raro aspecto de Klaus me empezaba a preocupar.
— Bien.— le sonreí, no me acerqué a saludarlo.
— Lex.— se posó frente a mi, levanté la mirada y besó mis labios.— ¿Pensabas que no te iba saludar?— asentí nerviosa.

La reunión no dió inicio, porque Anker no estaba presente y al no estarlo no se podía llevar a cabo nada aún.

***

La sonrisa envolvente de Klaus me trajo a la realidad, atragantándome.
¡Basta!— dije riendo.— Me vas a matar.— me quejé y él echó a reír.

— Me encanta que te ruborices.— el pie de Klaus invadiendo mis piernas por debajo de la mesa me ponía nerviosa.

— ¿Por qué ríen?— preguntó Jack, colocando la cuchara en el plato.

— Porq...

— Nada— interrumpí a Klaus.— ¿Ya no tienes resaca?.— traté de desviar el tema y me miró raro.

— No.— se levantó de la mesa con su plato, que actitud más extraña. Es muy aparte.

— ¿Piensas dormir tan temprano?.— pregunté.

— No, iré alistarme, debo ir a una fiesta con Harkor.— me sonrió falsamente antes de subir las escaleras.

— Damon, no puedes salir.— lo seguí escaleras arriba— recuerda qu...— me empujó contra la pared.

— Mejor cierra la boca.— murmuró— No puedes decirme que hacer.— me soltó después de olfatear mi cuello, entró a su cuarto.

— Si puedo, eres mi amigo y estás bajo el techo de nuestra compañera.— le reclamé.

— ¡Basta eh!— me gritó con fuerza— es mi vida, yo veré si me encuentra el creador o no.— tiró con fuerza su móvil contra el suelo.

— No irás.— amenacé con el dedo índice, cerrando la puerta tras mis espaldas.

— ¿Me estás retando Lex?— asentí segura— no sabes en el lío que te metes— se fue acercando a paso rápido a mi.

No sé qué le sucede, pero está no es la actitud que el Jack lindo tiene.

— ¿Crees que temo de ti?— carcajee— no eres más que un niñato tratando de ser como nosotros.— detuve su pecho con mis manos.

— No juegues de santa, que también has asesinado personas igual como lo hiciste conmigo.— con fuerza fue debilitando mis manos con sus acercamientos.

— ¿Me vas a pegar eh?— levantó su puño contra mi.

— ¿Me vas a detener?— le sonreí.

— Hazlo— lo reté, su respiración chocó con mi rostro— anda, déjame
  marca— cachetee mi mejilla con suavidad— no eres más que un imbécil
  tratando de ser un monstruo— lo empujé con fuerza, pero mi fuerza sólo
  logró que se alejara un poco.

— ¿Sabes algo Lex?— lo miré— no iré, y no porque me lo impidas— se
  acercó a mi— es porque ya hay algo de ti que me pertenece— me tomó
  con fuerza del lado atrás de mi cuello, acercándome a él y clavando sus
  labios en los míos.

Lo empujé lejos de mi.

¿QUE PASÓ CON EL JACK BUENO?

— Iré a comprar las cosas.— le quité las llaves del auto a Jack.
— Dile a Klaus que te acompañe— insistió Jack.— ya es tarde— gruñí, no
  quería que fuera.

No sé qué ha pasado, pero estoy asustada.

[...]

— Debes quitarte el gorro para entrar caballero.— el guardia de seguridad
  alertó a Klaus.
— Tengo mucho frío en las orejas, no puedo quitármelo.— respondió.
— No puedes ingresar así— se puso en su camino.
— Necesitamos comprar algunas cosas.— intervine.
— No puedo dejarlos pasar si él no se quita el gorro señorita.— estúpido,
  mil veces estúpido.
— Déjalos pasar.— un hombre se bajó de un auto, su chaqueta y sombrero
  no dejaba a la vista su cara, la oscuridad favorecía.
— Lo siento señor.— el guardia inmediatamente nos abrió paso, Klaus
  ingresó y yo quedé extrañada al ver esa escena.

Cuando el hombre se acercó a la luz, su rostro se iluminó dejando a la vista
quien era en realidad.

— ¿Qué haces aquí?. — pregunté un tanto asombrada, me ignoró e ingresó — te estoy hablando, ¿por qué él te hizo caso? — paró en seco, choqué contra su espalda.

— Si quieres hablar, aquí no será — dijo, aún de espaldas.

— Te veo en el estacionamiento mañana temprano. Sola. — susurré y me separé de él, buscando a Klaus.

Lo visualicé en la caja, donde ya estaba pagando las cosas.

— ¿Por qué tan rápido? — me acerqué a él.

— Yo no ando coqueteando con nadie — se refirió a Anker.

Por un demonio.

La cajera le dio el monto y canceló con una tarjeta.

¡ALTO!

Mi tarjeta.

— ¿Lexei Ray? — se dirigió a mi y yo asentí, en el carro me las va a pagar — ¿eres la hija de Richard Ray? — asentí de nuevo — ¡oh! disculpa la demora y que el guardia no los dejara pasar, no sabíamos que se trataba de usted. — Klaus miró con su mirada pícara a la joven.

— ¿A mi no me conoces? — Klaus se iba quitar sus lentes, lo pinché por la espalda. Quería provocar mis celos.

— Acomoda las cosas amor, debemos llegar ya — la joven se apresuró a cobrar y nosotros a irnos.

— ¡Estás loco! — susurré mientras salíamos.

— Todos te tienen miedo, ¿por qué yo no puedo provocar miedo? — ush.

— ¿Por qué tengo que pelear cada que hablo contigo? — arranqué el auto.

— ¿Por qué me contestas la pregunta con otra? — se subió al auto, después de subir las compras.

— ¿Por qué lo haces también? — eché marcha para atrás.

— ¿Por qué no me dejas en paz? — escupió por la ventana.

— ¿Por qué mejor no cierras la maldita boca? — eché andar el auto con rapidez.

— Ven y me la cierras tú — me retó.

— Estoy manejando mi amor.— sonrió de lado.

— Eso quiere decir que..—se quedó callado un segundo— sino estuvieras manejando si.— tanta razón.

— ¿Ya dejaremos de pelear por todo?— pregunté, omitiendo el tema.

— Depende, si me prometes que hoy vas a darme un beso si.— rodee los ojos.

— ¿Sólo uno?.— negó riendo.

— Muchos.— faltaba poco para llegar.

Guardamos silencio durante el camino, estacione el auto y nos adentramos.

[...]

— Me parece extraño que digas eso.— tomé con todas las ganas la copa número 12, ya estaba ebria.— Mamá ha dicho que quiere cambiar de ciudad.— Abbleigth sonrió burlón.

Mi celular sonó, un número desconocido alumbró la pantalla, descolgué extrañada.

— ¿Si?— respondí.
— Estoy en el estacionamiento del centro comercial, camioneta gris, dos puertas— describió y cortó, su voz...

Me levanté de prisa.

— Ahora vuelvo— no me detuvieron, bajé al estacionamiento, todo estaba oscuro.

Habían muchos autos pero ninguno con esa descripción.

— Aquí.— un susurro llamó mi atención— al fin, que lenta eres— se quejó riendo.
— ¿Por..— colocó su mano en mi boca.
— Primero que nada, no quiero problemas con tu noviesito o Jack.— dijo serio.
— No los tendrás.— rodee los ojos.
— Bien, ¿qué quieres saber?— preguntó cruzando sus brazos.

Su cuerpo era jodidamente perfecto, santa virgen de las pelusas. Era profundamente precioso.

— ¿Por qué el guardia de seguridad te hizo caso?— sin rodeos fui directo a la pregunta.
— Ellos saben quien soy.— sonrió de lado.
— ¿Quién eres?— curiosa, pregunté.
— Anker, tu compañero.— empezó a reír.
— Estoy hablando enserio.— me quejé como niña berrinchuda.

— Soy un sicario muy bien pagado, ¿contenta? Me pagan por asesinar
personas, a mi y a Harkor.

[...]

EPISODIO 13
Cuídala.

— ¿Entonces por eso te obedeció el guardia?.— asiente.— Usas tu
  poder para ganar dinero, ¿es así?.
— Podría decirse. Pero son personas malas, personas que violan
  niños, que atacan locales pequeños. No matamos inocentes. Eso no
  nos corresponde.

Me quedo en silencio, estoy anonadada con esta situación que pone
mis pelos de punta.

— Por cierto...— habla.— ¿Todavía sigues con Klaus?— asiento.
— Pero vieras que Jack ha estado actuando muy agresivo
  últimamente. Me habla pesado, me grita, no sé que le pasa.
— Celoso.— arqueo una ceja.— Un hombre con el orgullo herido es
  más peligroso que un psicópata. Debes tener cuidado.
— Jack no me haría daño.
— De eso estamos de acuerdo. Te pone un dedo encima y no vive para
  contarlo. Es un cobarde que no tiene poderes. Así que sería tarea
  fácil.

Muy en el fondo, quizá le importaba a Anker. Aunque fuera tan frío y resguardado. Es una persona egocéntrica pero con muchos instintos protectores hacia aquellos que quiere de verdad.

— Eso te hace una buena persona. Entrecierra los ojos en mi.— De verdad.
— No soy una buena persona. Toda acción tiene su reacción y a mi ni me espera nada bonito.
— No seas pesimista, el karma sentirá lástima y te perdonará.
— Mejor vamos arriba.— Ahora soy yo quien entrecierra los ojos en él. —Dices que me topaste aquí afuera y ya.— asiento confundida y subo yo primero. Los chicos alguien hablando y Anker aún no sube. Es un buen chico, por momentos claro.
— Siento que voy acabar muy mal con respecto a mi vida.— Dice Anker apenas cruza el umbral de la puerta. Jack, Klaus, Fretheis y yo lo miramos raro.— ¿Qué?. ¿Dónde está Beniamín?.— trata de esquivar el tema.
— Con Abbleigth.— responde Jack.
— ¿Por qué tu vida va acabar muy mal?.— le pregunto.
— El karma existe. Le acabo de romper el corazón a una chica. Así que, me lo romperán a mi.— alza los hombros restándole importancia.— Por eso no me pienso enamorar nunca en mi vida.
— Nunca digas nunca.— menciona Fretheis en un murmuro.
— ¿Qué dijiste?. Habló la que nunca opina sobre nada.— se burla Anker.
— Ya. Llamaré a los demás para idear el plan.

Comencé a llamar a Beniamín quien me dijo que ya venía para acá. Le marqué a Harkor y me dijo que podíamos empezar sin él. Pero cómo se lo dije, no vamos a empezar si no estamos todos completos. La manera en qué me acoplé a la manada, fue la manera tan inesperada con la que me recibieron. Esto ya no sólo me convierte en integrante de Hazard, sino, me convierte en familia de los ocho. Todavía se me hace raro llamar ocho cuando ya me había acostumbrado a llamarlos siete. La casa 777 se quedará así según me dijeron, porque no podíamos cambiar el nombre, siempre hemos sido siete en todo este tiempo.

Salimos del pueblo para dirigirnos hacia el bosque inmenso que cubre Herlic. Me quedo mirando hacia la copa de los árboles. Hay unos cuántos monos, lapas y aves.

<<Me está gustando esto>>

— ¿Podría apurarse? ¿Nunca ha visto animales o qué?.
— Últimamente veo uno muy grande todos los días.— respondo con
   sarcasmo. Anker me da una mirada de pocos amigos.

— ¿Me estás diciendo animal?.— me encara

— Nunca dije que fuera usted.—una sonrisa malvada dibujó mi
rostro.

Seguimos el camino y llegamos al árbol señalado.

***

Narrado por Beniamín.

Qué linda la manera que tienen las personas de ver la vida, la forma tan ocurrente y la esperanza de que sucedan cosas. Yo ya no espero de nadie nada mas que decepción. Quizá suene un poco loco y tonto, quizá se pregunten de qué carajos hablo. Si otra chica estuviera en mi lugar, tomaría odio hacia Lexei. Quién solamente se ha dedicado a ser mi amiga y volverse tan especial que soy incapaz de mirarla con ojos de odio y envidia. Aquí a quien odio es a Anker. Porque me utiliza, y anda bien enamorado de Lexei.

Nuestra relación sin compromisos surgió hace algunos años, pues él siempre me había llevado "ganas". Lexei apareció en su vida, y yo deje de existir para él. Tanto, que cuando me restregaba con él su miembro no se levantaba ante mi tacto. Él había dejado se sentirse atraído por mi y me desmotivaba que me tuviera a un lado de él. Ahora sólo lo odio, no quiero verlo porque le diría a la cara lo hijo de puta que es. Me obligó a elegirlo a él sobre Abbleigth y es un error que yo nunca en mi vida me perdonaré. Quizá sea una manera donde el karma me restriega en la cara que cometí un error. Un error que lamentablemente pago con Anker.

"Amarás a quien no te ama, por no haber amado a quién te amó".

Cuanta razón tenían al decirme esa frase, pero no puedo hacer nada ante la situación, sólo estar firme en mi decisión de alejarme de ese tipo.

— ¡Ciao!.— Klaus se acerca y me saluda en su idioma natal.— ¿Qué haces aquí afuera tan tarde?.— me pregunta.

Creo que no es normal que una chica esté afuera a las tres de la madrugada sentada en la acera.

— ¿Qué haces tú aquí tan tarde?.— le devolví la pregunta. Él suspiró y tomó asiento a mi lado.

— Vengo a ver a Lexei.— se oye preocupado. En su rostro se ve.

— ¿De qué hablas?. ¿Por qué tan temprano?— él toma mi mano y me mira a los ojos.

— Estoy preocupado.— echa un suspiro largo.— Lexei desde que tomó esas pastillas puede mover cosas y no se da cuenta.— arqueo una ceja.

— ¿Cómo?. Klet dijo que tendría control sobre ellos. Las pastillas...

— Son para desarrollar y controlar bien su poder.— me interrumpe.—
Me lo confesó en confianza, espero no digas nada pero debemos
ayudarla.— asiento.

NARRADO POR KLAUS

Después de una larga charla con Beniamín de cómo cuidar a Lexei
decidimos ir a la casa 777. Habían luces encendidas, quizá alguien
estaba allí. De seguro Harkor que se la pasa ideando planes para
acabar con Blackforth.

Cruzamos la puerta principal y nos dirigimos hacia el sótano, donde
provenían golpes fuertes.

Mierda, Anker haciendo de las suyas estoy seguro.

— Si soy yo.— gritó desde abajo.

Claro, olvidaba que podía leer mis pensamientos. Beniamín tomó mi
mano con fuerza y comenzamos a bajar las escaleras hasta que
pisamos un charco inmenso de rojo carmesí.

Sangre.

Mi piel se erizó, y Beniamín apretó mi agarre.

— ¿Vas a seguir en esta vida?.— terminamos de bajar las escaleras y vi
claramente donde dos cuerpos posaban sobre la mesa. Ambos sin
cabeza y extremidades.

— ¡Déjame en paz!. ¿Si?

Estaba furioso, en sus ojos se veía aquel gris oscuro y sangriento. Sus
venas estaban marcadas en los brazos y su piel pálida brillaba ante la

luz del bombillo. Centré mi mirada en aquellos cuerpos, es decir en sus cabezas a ver si eran conocidos.

Mierda.

- ¿Ese es...— silencié mis palabras al tener encima la mirada penetrante de Anker.
- Si. ¿Algún problema?.
- Es el hermano del señor Diokles, Anker hasta dónde vas a llegar...— habla Beniamín por mi.

Claro, Jesús Diokles.

Un pederasta que abusaba de niños en la iglesia. Vaya castigo le tocó por hijo de puta. Y me alegra que esté muerto ahora y que sus manos no desgracien la vida de los niños pero para Anker...es una muerte más encima.

- Hasta donde se me dé la gana. ¿Vas a impedirlo?.— la amenaza con el cuchillo y ella niega nerviosa.— Soy feliz haciendo esto.
- ¿Quién es feliz en este mundo?.— se queja Beniamín.— Nadie lo es, todos estamos rotos de diferente forma y en diferentes circunstancias.— centra su mirada en mi.— Tú estás roto porque tu madre fue una mierda contigo.— ahora se dirige a Anker y yo trato de disimular la punzada de dolor.— Y tú estás tan roto por esa chica que tu pasión es herir a las demás personas.— Una lágrima redondea su mejilla.— Nadie nos puede reparar, no deben fingir felicidad donde no la hay. Somos "felices" por momentos. Porque estamos tan vacíos por dentro que cualquier gesto lo confundimos con amor o felicidad.— quisiera no creerle, quisiera que no tuviera razón pero no ha dicho más que verdad.
- No te equivoques.— habla Anker.— Esto lo hago mucho antes que Lexei apareciera en mi vida.— yo sabía que estaba obsesionado con Lexei desde el inicio. Creo que todos quedamos pinchados por su belleza.

— Lo hacías. Lo dejaste de hacer y apenas te rechazó comenzaste de
  nuevo hacer de las tuyas.— Anker soltó una risa sarcástica.
— ¿Es una clase de celos psicópatas o qué?.
— No son celos.— se defiende.— Me alegra que no te tomara en
  cuenta para algo amoroso. Debió darse por enterada que eres un
  hijo de puta.— aquella disputa entre ellos me hace sacar una sola
  conclusión.
— ¿Ahora eres cuidadora de sentimientos y corazones?.— ríe, en
  burla.— ¡Hipócrita! Venís y hablas de cuidar el corazón de Lexei
  cuando no pensaste en meterte en mi cama y seguirle dando falsas
  ilusiones a Abbleigth.— mierda, si es mi conclusión.

Estaban juntos.

Beniamín empieza a llorar y la tomo del brazo para sacarla de allí lo
más pronto posible pero ella se devuelve, con sus mejillas empapadas
y señala a Anker.

— ¡Vete a la puta mierda!.— exclama.— Sos un maldito error que en
  mi puta vida volvería a cometer. ¡Imbécil!.— me adelanta y sube
  las escaleras a toda prisa.

La sigo para que sienta mi apoyo, llega a la puerta principal y se
desploma. La abrazo por detrás antes de que caiga al suelo y comienza
a sollozar, aquellos sollozos que rompen mi alma en fragmentos
pequeños. Recordando mi niñez y la manera tan mierda en la que fui
tratado.

*— ¿Vas a lavar los platos?.— asentí mientras comía. Ella me dió una mirada fría que
me heló.— ¿Si qué?.— volvió a preguntar.*

— Si señora.— respondí con comida en mi boca.

Error.

Se levantó de la mesa, agaché mi cabeza pero tomó mi barbilla e impactó mi mejilla con el puño. La comida que masticaba salió disparada hacia el suelo junto con un poco de sangre.

- ¡No se habla con la boca llena!.— *gritó, mi dolor era acompañado de sollozos, porque si lloraba me pegaba más y más como la última vez.*
- Todo va estar bien, yo sé que si.— le doy un beso en la coronilla de la cabeza y ella sigue llorando.
- Es...— empezaba a tartamudear.— un imbécil que...solo piensa en si mismo.— se da la vuelta y queda contra mi pecho.

La tomo con fuerza y la aprieto contra mi.— Todo saldrá bien.

- Cuida a Lex. Es una buena chica y no merece caer en manos de él.— me mira, tiene los ojos rojos.— Prométeme que pensarás en su felicidad junto a la tuya. Que no seras egoísta. Prométemelo.— exige entre llanto.

- Te lo prometo.

EPISODIO 14

Pérdida de memoria.

— No puedes hacerle daño. Ya has experimentado lo que se sufre por amor.— se toca su pecho.— Mi corazón pide a gritos a Anker. Pero mi mente sabe y es consciente que mi mejor opción siempre fue Abbleigth. Pero mi estúpidez me llevó a tomar una decisión que me pasó factura con el alma rota.

Se escuchaba lo triste que estaba, no había que estar dentro de su corazón para sentir el dolor y la desesperación en su voz.

Ella de verdad amaba a Anker pero era tan hijo de puta que no lo lograría ver.

***

NARRADO POR LEXEI

La música latina azota los parlantes de mi casa, el rapero tico Bigk Tenorio abunda mis oídos elevando mi energía para seguir en lo que estaba.

Escúchame que contigo quiero estar, abrázame muy fuerte que nada te va pasar. El mundo es una mierda pero contigo mejora, el tiempo pasa lento...

El recuerdo inmediato de Klaus me llena de nostalgia. Mi mundo mejora cuando él está a mi lado, la mierda de mi vida cambia y me llena de paz tenerlo tan cerca de mi. Es como si una torrentada de felicidad abarcara mi mundo.

Termino de hacer la limpieza en casa, con la música fuerte. Es una ventaja de que mis padres me dejaran sola. Voy a mi habitación y me coloco el bikini que había comprado en florida. El sol está súper fuerte y estar en la piscina me va relajar.

Tomo mi bronceador junto a mis lentes.

El ser tan pálida me gusta por temporadas, soy tan bipolar con referente a mi cuerpo que ahorita mismo quiero estar bronceada.

Le subo más a la música y echo un salto para caer en el agua, la fría agua se mete por mis oídos y aguanto la respiración hasta salir a flote. Nado un par de veces y me mantengo dentro. Tomo una lata de cerveza y me la bebo sentada en una de las gradas dentro del agua.

¡Qué buena la vida!

Por momentos claro.

Fijo mi mirada en una persona que camina hacia mi. Sé quién es. Y por eso les he dicho a mis padres que debemos cerrar la propiedad.

— ¡Vas a explotar mis oídos con esa música amiga!.— exclama mientras se acerca a mi.

Le sonrió amablemente.— ¿Es bueno, no?.— arquea una ceja confundida mientras se acerca.— El rapero Julia.— me sonríe.

— Claro. Es de los pocos raperos que habla sobre sus sueños y es realista.— asiento.
— De hecho, te enseña a luchar por tus sueños sin importar lo que tengas que pasar.
— Es así como debería de ser la vida. Pero ¿Vos que tal?. Hace mucho no te veo en el insti y si vas ni me pelas. Chale, pensé que éramos amigas.— se queja y le tiro agua en la cara
— ¡Somos amigas tonta!.— le tiro más agua.— Quítate esa ropa y vente a disfrutar conmigo. El agua es deliciosa.

— No, es que...— baja la mirada.— No me gusta andar en interior
pues...tengo pancita Lex y yo.
— Oye, oye, oye. No digas eso ah.— la regaño.— Eres preciosa mujer.
Si te pudieras ver por mis ojos andarías hasta desnuda. Así que
anda, vente pa' acá.—le tiro más agua y sonríe haciéndome caso.
— Está fría.— exclama.
— Ideal para hoy.— mis ojos hacen un recorrido por todo el patio por
la presencia que sentí.— ¡Hola!.— le grito. Viene sin camisa,
demostrando que su cuerpo está bien trabajado. Las líneas marcan
su abdomen y trago grueso ante tal monumento.
— ¡Pastelito!.— camina a paso lento, o mis ojos lo ven así.
— ¿Y ese bombón?.— me pregunta Julia ojeándolo.

Y para ser sincera no me molesta, nunca he sido de esas chicas a las
que les molestan comentarios hacia su ligue, novio o pareja. Quizá
porque si está conmigo es porque yo le gusto y me quiere.

Inseguridad cero.

— Es mi amigo.— le respondo y Klaus se toca el pecho ofendido.—
¿Qué?.— río.— No me has pedido nada aún.— me empino la lata
de cerveza y me deleito de aquel líquido.
— ¿Así vamos a jugar?.— hace una picada en la piscina y me moja la
cara. Julia no ha dejado de mirarlo desde que centró la mirada en
él y me río ante sus comentarios perversos.

Klaus se acerca nadando a mi y me da un corto beso en los labios.
Aparto la lata de cerveza y me tiro encima de él sumergiéndonos
ambos.

Enrollo mis pies en su cintura y él sale a flote.

— ¿Ligamos o qué?— su pregunta me genera gracia.
— ¿Esa es tu manera de decirme que quieres formalizar lo
nuestro?.— se humecta los labios con la lengua.

— Es que quiero una novia ninfómana. — me besa. — Una de esas
  relaciones pervertidas. — me acaricia los muslos. — Ella durmiendo
  en su casa y yo en la de ella.
— Entiendo. — le sigo la corriente.
— Que se ponga más preciosa de lo que es y que incluya bragas sexis
  dónde la pueda tomar en cuatro y hacer mía.
— ¡Cuánta agresividad!. ¿Se puede consentir al amo?. — le muerdo el
  labio.
— A mi me puedes consentir todo lo que quieras. Te permito que me
  hagas masajes nocturnos en la espalda después de un buen polvo.
— Acepto. Sr.Lujuria.

Lo beso con tantas ganas que el agarre en mis muslos se intensifica.
Me restriego con él y empiezo a sentir lo duro de su miembro.

Mierda.

Nunca había llegado a tanta cercanía con alguien.

— Es malo comer pan en frente de los pobres. Te veré en el insti
  preciosa. Los dejo solos. — agradezco al cielo que Julia se haya ido.

Está perfectamente amueblada, tiene sala, cocina y una habitación con baño.

— Ese bikini te queda tan sexi. — muerde y chupa mi cuello
  traspasándome la piel de una manera tan exquisita.

Nos fundimos de nuevo en la piscina.

— ¿Lex?. — me desprendo de Klaus al escuchar la voz de papá.

Mis nervios empiezan a invadir mi cuerpo.

Klaus se hunde en la piscina y yo disimulo estar sola.

— Hola papá. — mamá venía con él. — Y hola mamá. — no se acercan,
  están desde el umbral de la puerta que da al patio.
— Apagaré esa música mundana. Esto no es un club. — se queja papá
  y yo asiento.

Klaus toca mi pierna, seguro ya no aguanta la respiración.

— En unos minutos voy, seguiré un rato más.— asienten
  confundidos pero se retiran.

Saco a Klaus a flote y lo beso.— Casi me ahogo.— tose y rio.

— Es peligroso estar cerca de mi en todo sentido Klaus. Tiene razón
  Klet.— Él me mira y sonríe levemente. Me besa pero me acuerdo
  de mis padres.
— Te adoro mi pastelito.— Me derrito en sus brazos. Este chico me
  encanta.
— Yo también pero ahora vete. Pueden verte.— me besa y asiente.
Pero sigue besándome.

— Prométeme que tendremos más tiempo juntos.— me sigue
  besando y yo solo asiento. Se separa y nada a la orilla.— Adiós mi
  amor.— me tira un beso y desaparece por las plantas.

***

La luz que entra por la ventana me hace abrir los ojos de repente.

¿Qué demonios?

Hay aparatos médicos alrededor de mi y una vía en mi vena. No
recuerdo haber venido aquí o que algo me sucediera de tal manera
para llegar a un hospital... En Herlic sólo existe un hospital.

Harkor entra por la puerta, vestido como Doctor.

— ¡Al fin dormilona!.— arqueo una ceja bien confundida. Pero eso no
  es todo, Beniamín lo sigue vestida de la misma manera.
— ¿Qué demonios?.— pregunto.— ¿Cómo es que...
— Te desmayaste frente a Klaus. Él te trajo.— no recuerdo eso. Él se
  desapareció por las plantas y despúes...

No hay después...

— Pero él hace unas horas...
— ¿Horas?.— Entra Anker.— Llevas una semana ahí acostada de vaga.
— ¡Anker!.

¿Una semana?

Es imposible, yo..

— Las pastillas están desarrollando poco a poco el poder pero es demasiado para ti, tu cuerpo está consumido en energía y los poderes la están eliminando para apoderarse de ti.— Entra Klet.
— Pero estamos cuidándote y nada te va pasar, no dejaremos que eso pase porque podrías matar a la humanidad.
— ¿Entonces esto lo hacen por la humanidad y no por amor a mi?.— quise meter un poco de broma a la situación pero no era el momento.

Beniamín rodó los ojos y rió.

— Eres simpática niña.— dijo Klet entre risas.
— Debiste crearme así, ¿no?.— le pregunto y sonríe.
— En mis años de vida, has sido lo único bueno que traje al mundo. Mi mejor creación. Por eso te protegeré siempre que pueda.

Mi corazoncito se achicharrono ante su comentario, al menos para alguien era importante y eso es algo que no voy a pasar por alto. Ahora me siento la niña más increíble.

¿Cómo no tener ego?

Fui creada, modificada y actualmente un peligro para la humanidad, cualquier persona debería de sentirse orgulloso de tenerme en su vida a una persona con tal magnitud.

— ¿Lex?. ¿Has sabido algo de Jack? Lo estuve llamando y no lo encontramos en la 777.
— No. Ayer me buscó en casa pero no le abrí la puerta.

— Deberías no sé, de llamarlo. Eres la única que puede hacerlo venir
a nosotros de nuevo. Después que se enteró lo de Klaus no ha
querido aparecer por acá.
— ¿Dijiste ayer?. Niña, llevas una semana sin despertar. — eso altera
mis nervios de nuevo.
— Jack no ha ido a buscarte, ¿tuviste un sueño?.
— No puede ser un sueño, lo viví. — le digo y niega.
— No puedes vivir eso.

Estaba paranoica.

— ¿Qué disparate es este?. — pregunto, atónita.
— ¡La van a matar con tantas cosas!. — dice Klaus. — Salgan, yo le
explicaré.
— No, no pued...
— Dije que salgas. — Anker entrecierra los ojos en él.

Cierra sus puños y se dirige hacia Klaus.

— ¡Anker no!. — exploto. — Lárgate. — le exijo pero él solo tiene un
objetivo.

Romperle la cara a Klaus.

— ¡Basta!. Maldita mierda. No tienes derecho a romperle la cara a
una persona. — Fretheis se enoja y lo toma de la mano. — ¡Afuera!
¡Todos!. Déjenla con Klaus. Es el único que puede explicarle.

Como si mamá gallina hubiera hablado, todos obedecen sin decir una
sola palabra.

Mierda, necesito ese poder de superioridad en mi vida.

Klaus se encuentra frente a mi, examinándome.

— Dame un beso. — le pido. Una sonrisa genuina dibujó aquél rostro
tierno.

— Primero déjame ex...

— Dame un beso.— sus mejillas se ruborizaron y se acercó a mi, a plantar un beso en mis labios.

— Bien. Escúchame, es importante y no puedes decirle a Klet ni a nadie lo que te diré. Es confidencial.

— Bien, habla.

— Investigué un poco más a cerca de estás pastillas nuevas que estás ingiriendo, y encontré algo que me alteró mucho. Así que busqué a Fretheis después de encontrarte tirada y le comenté lo que vi.

— ¿Qué viste?.

— No las puedes tomar más. Están alteradas. De alguna u otra forma tenemos la sospecha de que Klet sigue en comunicación con Blackforth e intenta acabar contigo debilitándote para poseer al resto.

— Quieres decir que quieren destruir a la fuerza mayor para acabar con el resto de HAZARD.— Afirmé y Klaus asiente.

— Pero todos están tan encantados con Klet y su descubrimiento, que no lo creerán. Por eso busqué a Fretheis porque sé que ella no tuvo buena espina con él.— Yo no sé ni qué pensar ante tan situación. Él dijo que jamás me bañaría, yo soy su mejor creación y...

Exacto, soy su mejor creación pero también la más peligrosa. Yo soy un peligro para la humanidad y estoy casi que segura que él arriesgaría mi vida para proteger el mundo. Fui tan tonta de no verlo.

— Necesitamos decirle a los chicos...

— ¡NO!.— Exclama.— Al menos no por ahorita, necesitamos conseguir pruebas que culpen a Klet; sino quedaremos como mentirosos y traidores.

— Anker me creera, a él si debo decirle.— menciono y Klaus rueda los ojos.

— Bueno, si vas a decirle que no actúe como un maniático tratando de defenderte porque no lograría nada.

El tiempo transcurrió, después de una charla larga con Klaus siguió mi charla con Klet sobre lo que me había sucedido. Como siempre, no fueron más que mentiras por él.

Hipócrita, no lo aguanto tener cerca porque quisiera reventarle la cara de un golpe. Tratando de debilitarme.

Klaus me comentó que él y Fretheis le hacen creer a todos que me están dando a ingerir las pastillas pero, las tiran lejos. Lo bueno de que sean los encargados de mi medicación es eso.

Rato después fui enviada a casa, dónde mis padres estaban preocupados por mi desaparición, Klaus les explicó que había un retiro de estudiantes sin aviso y debíamos ir sino perdíamos el año. Si, vaya mentira más tonta y sin sentido pero ya saben como son los padres mayores, todo se lo creen.

***

EPISODIO 15
Las lealtad.

Están para protegerme pero me siento insegura en mi propia manada, porque mi modificador es un hijo de puta y mis compañeros ni siquiera lo saben porque confían mucho en él. No van a creerme sin pruebas y en eso tiene razón Klaus. Pueden ser muy mis compañeros y familia, pero saben que soy un arma letal y le creerán a Klet.

Entablé conversación con Anker hace unas horas y le comenté todo a detalle. Al principio como me imaginé, se alteró y quería irle a romper la cabeza a Klet. Estaba obsesionado por protegerme pero se tranquilizó cuando Fretheis apareció a explicar el plan.

Klet no nos deja ir a la habitación de su hotel en Inglaterra, desconocemos el motivo pero algo tiene que esconder. Así que, viajaré de nuevo por ser la única no detectable. Esta vez no contaré con la protección del padre de Beniamin pero conozco el camino, y Klaus me dio el dinero para hacerlo. Es de dinero, una de las ventajas de ser Italiano.

Anker no ha dejado de decirme que me cuide y que quiere romperle los huesos a Klet. Se lo creo, porque como ya saben, es un sucio psicópata que cobra por matar y eso lo hace feliz.

— Les dije que no era buena idea decirle a Anker, el buscará la manera de defender a Lexei de cualquier situación que la tenga en peligro.— se queja Fretheis.— Si no lo hubiera detenido hubiera cometido una desfachatez y estaríamos en peligro por su maldito capricho.
— Cuanto daría Benia...— Se silencia de la nada y abre sus ojos de par en par, sacude su cabeza y nos mira. Mi cara está más confundida que quien sabe que, y Fretheis ni para qué.
— ¿Qué acabas de decir?.— Pregunta Fretheis por ambas, porque a mi también me mata la curiosidad de saber porque mencionó a Beniamin.
— No he dicho nada, no era lo que..
— No mientas. Sabes algo de Beniamin que no sabemos nosotras y por algo la mencionaste.
— No, se me salió. Pero no es algo que me corresponde decirle o contarle a alguien. Mi lealtad está por encima de quien sea, a menos que ponga en riesgo a alguien.— Me sorprende la agilidad de Klaus para proteger los secretos de sus amigos, pero como dice que no pone en riesgo a nadie, lo averiguaré por mi sola y veré que esconden.

— Esta es una de las ventajas que me hace confiar en Klaus, que a
pesar de todo proteges los secretos que en ti confían.
— Lo haré siempre que pueda, mientras tal secreto no ponga en
peligro a nadie.— Le doy una sonrisa genuina y él me la
devuelve.— Todo está dentro de la mochila, nos haremos los
desconcertados por tu desaparición y yo el conmovido porque su
novia se fue o fue secuestrada.— Cambiamos el tema
completamente. Me acerco a Klaus y planto un beso en sus labios,
él lo sigue con pasión tomándome de la cintura y apretando su
agarre en ella a cada nada. Mostrando lo deseoso que está de mi
cuerpo.

Tiene mucho autocontrol; me desea pero mantiene el respeto para
demostrarme que en verdad me quiere y no quiere sacar algún
provecho sexual. Beniamin me contó que él había tenido chicas con las
que no esperaba nada y en la primera cita, utilizaba su poder para
llevarlas a la cama. Lo que quiere decir, que conmigo él quiere hacer
las cosas diferentes. Nada comparado a Anker, que desde el inicio
tenía deseo sexual.

— Bien. Así lo haremos.— Habla Fretheis haciendo que nos
separemos de inmediato.— Tengo que irme chicos. Los veo
después.— Nos despedimos de ella y Klaus me ofrece llevarme a
casa. Pero me niego, quiero caminar y pensar. Sola.

Después de una cantidad inmensa de palabras como "Cuidate" me
dejó ir.

La paz que albergaba la noche era increíble para detener cualquier
pensamiento que oscureciera la mente. Mi cabello era corrido por el
viento de aquella fría noche, froté mis brazos un par de veces
intentando darme calor pero era algo imposible. Error el mío caminar
de noche, pero no podía negar que me sentía libre y fuera de tanta
presión.

Aunque se escuche tonto, pensar en todo lo que estaba sucediendo me cansaba mentalmente y me debilitaba. Ahora que llevo días sin tomar ninguna de las pastillas, no veo ninguna diferencia en ello.

— ¿Caminando tan tarde?.— Esa voz, claro. Estaba tan consumida en mis pensamientos que ni atención presté a que iba caminando justo frente a la tienda de los Blate.
— Abbleigth.— Digo su nombre en forma de saludo. Él me saluda de la misma forma.
— ¿Por qué andas sin abrigarte?. Hace frío Ray, te puedes enfermar, recuerda las medidas que Klet te puso.— Ruedo los ojos al escuchar ese nombre.
— Dame calor. Tienes ese poder, ¿no?. Entonces dame calor.— Abb me mira desconcertado.
— Ya vas a llegar a tu casa, no necesitas calor, estás cerca.— Lo miro directamente a los ojos y rio por lo bajo.— Oh, ya entendí. Tu destino no es tu casa, vas donde Klaus supongo.— negué.
— A caminar. No quiero entrar a casa aún.— Abb asiente entendiendo.
— Bien, ven.— Abre sus brazos y me da un abrazo inmenso que deja ir todo frío de mi cuerpo. Llevándome a mi temperatura normal.— Listo.— Sonríe y agradezco por ello.

Es un gran chico, quisiera contarle lo de Klet pero es algo que no me creería sin pruebas.

— Abb...— susurro, ahora que recordé un detalle de la fiesta.— No hemos tenido oportunidad de hablar sobre Beniamin.— Él se tensa de inmediato y lo puedo notar.— En la fiesta t...
— Sé lo que dije. Pero es difícil hablar sobre ello para mi. Ella..
— No sabe que estás enamorado de ella.
— Lo sabe...— Suelta un suspiro cansado.— Se lo he dicho tres veces y no sé cuál de las tres fue peor.
— ¿Por qué?.

— La primera vez que lo dije. Estábamos encerrados en un closet
porque Harkor nos encerró al propio. Ella hiperventiló y se
desmayó. Tiempo después me enteré que fingió todo para que no
siguiera el tema.— sentía pena por Abb.— La segunda vez salió
corriendo y la tercera me cambió el tema.

— Seguro sintió pánico Abb, no puedes...

— No fue pánico. Existe otra persona en la vida de Ben que, la hace
sufrir y está enamorada del malo.

— ¿Cómo sabes eso?.— La curiosidad empezaba a matarme.

— Ella se lo confesó a Harkor ebria. Yo estaba presente. Le dijo que ella
amaba a la persona equivocaba y que era amada por una persona
por la que no sentía absolutamente nada.— Ahora me siento súper
mal por Abb.

— Abb yo...— Me interrumpió al jalar de mi brazo y pegarme a él con
fuerza, en un abrazo más que necesitado.

— No digas nada, no quiero hablar de ello hoy. Sólo quería que
supieras la razón por la que casi no hablo con Ben.— Besa mi
coronilla y se separa de mi.— Debo ir a cerrar la tienda entonces...

— Abb...— Le sonrío.— Eres un gran chico, mereces sólo cosas
buenas. Pero si ella no ve lo excepcional que eres, lamento decirte
que pierdes tu tiempo. No necesitas llenar vacíos con migajas de
amor.— Vuelve a besar mi coronilla y desaparece por la puerta de
la entrada. Y yo pensando que el callado era Anker, aunque Abb
no es estúpido, ni mucho menos un imbécil egocéntrico que piensa
que todo gira a su alrededor.

— ¿Yo qué?.— Pego un brinco en mis propios pies al sentir la
respiración de Anker en mi cuello.

Claro. Olvidaba que puede leer mis pensamientos.

— Puedo leer todo lo que piensas mi lady.— ruedo los ojos pero me
mantengo rígida en una postura que me tensa.— Puedo leer todo
lo que quieres hacerme.— Me tenso aún más al sentir sus labios
dejar un leve beso en mi cuello.

— ¿Ah si?. Según tú, ¿Qué quiero hacerte?.— Hablé, creyendo que mi voz saldría normal pero, estaba literalmente temblando, lo que hacia que mi voz saliera cortada.

— Follarme.— Deja otro leve beso en mi cuello y un recorrido abarca mi cuerpo.— ¿Sabes qué es lo bueno de todo esto?...— Deja otro beso.— Que yo también quiero follarte.— Su voz está más ronca de lo normal y suena tan sexi que trato de mantener mis piernas quietas, sin tambalearme porque todo me tiembla.

— Ajá.— Es lo único que logro sacar de mis labios, la situación me tiene tensa.

— Te imagino en cuatro, lista para mi. Ni siquiera entra toda en una estocada por lo apretada que estás. Gimiendo mi nombre.

— Sácame de aquí, Anker.

NARRADO POR LEXEI.

No había terminado de poner mis pies sobre el suelo de la habitación cuando él me había estampado contra la puerta besándome con una desesperación que siento que me derrito ahí mismo. Sin dudarlo, le respondo el beso con todas las ganas porque Dios, yo también lo deseo tanto o más de lo que él me desea a mí.

Nuestros bocas se mueven en sincronía, humedeciendo nuestros labios, me agarro de su camisa mientras giro mi cabeza a un lado profundizando el beso. Anker pone ambas manos a los lados de mi cara contra la puerta como si quisiera controlarse.

A la mierda el autocontrol.

Su beso se torna aún más apasionado, más demandante, buscando enloquecerme.

Nuestras respiraciones y el sonido de nuestro beso hace eco por toda la habitación. Mi cuerpo arde por su toque y cuando lo siento apretar sus puños contra la puerta, me separo de él ligeramente.

— Deja de controlarte.— le susurro, mordiendo sus labios.

Su voz es ronca, pero sexi.— Estoy tratando de ir lento.

— A la mierda lo lento.— le chupo uno de sus labios con fuerza.— necesito que pierdas el control, fóllame como has querido follarme todo este tiempo.

Y puedo ver su control desvanecerse claramente, sus manos buscan mis pechos para apretarlos suavemente robándome un gemido.— Te follaré como yo quiera y en las posiciones que yo quiera.— gruñe contra mi boca. Sus labios atacan los míos mientras masajea mis pechos con destreza antes de ir por las tiras de mi vestido y jalarlas, bajándolas por mis hombros de un tirón, exponiendo mi brassier.

Mi piel arde, muriendo por su contacto. Su boca deja la mía para besar mi cuello mientras sus manos desatan mi brassier desde atrás, liberando mis pechos.

Gimo al sentir su boca sobre la piel desnuda y expuesta de mis pechos, y cuando los chupa, echo la cabeza hacia atrás disfrutándolo. Sus lamidas y chupadas son ágiles, fuertes y luego suaves, una combinación perfecta que debilita mis piernas. Dios, creo que podría tener un orgasmo con solo esto.

Impaciente, tomo su cara entre mis manos para que me enfrente de nuevo y lo beso, quitándole la camisa tan rápido como puedo y la lanzo a un lado. Sin despegarme de su boca, nuestro beso es apasionado.

Paso mis manos por su pecho, sintiendo cada músculo y bajo hasta su definido abdomen. Él detiene su beso para mirarme a los ojos y toma mi mano para bajarla un poco más.

— Siéntelo.— obedezco, lo toco por encima de su pantalones.—
quiero que sientas lo duro que me pones.

Y si que está duro.

NARRADO POR ANKER.

Nos miramos a los ojos, el sonido de la madera ardiendo llenó el
silencio entre nosotros y baje mi mirada a sus pechos, expuestos ante
mi. Mi imaginación ya no necesitaba trabajar, tenia la realidad y la
mejor vista frente a mí.

Sin embargo, me frené, la rabia que sentía no era una que hubiera
manejado antes.

Cerré el espacio entre nosotros de un paso y ella alzó la cara para
mirarme. Su pecho subía y bajaba con cada respiración, haciéndome
notar esos dos puntos que quería lamer y morder como loco.

La agarré del cuello con fuerza.

— No eres mi persona favorita en estos momentos.— susurré sobre
su boca. Ella me mordió el labio antes de responder:
— ¿Y tú crees que si eres la mía?.

Usé la mano libre para pasar el pulgar por sus labios de una manera
ruda y sexual.

— Arrodíllate.

Su rostro se estiró en una expresión de satisfacción y liberé su cuello
para verla arrodillarse frente a mi. Con su cuerpo cubierto sólo por
sus bragas, sus pechos expuestos, su cabello suelto y el rojo que le
tintaba las mejillas se veía como una jodida fantasía danzante.

¿Quién lo diría?, era tan inocente hace algunas semanas, y ahora estaba ahí, arrodillada, a punto de complacerme con su boca; sus dedos empezaron a desabrochar el cinturón de mis pantalones con rapidez.

La urgencia era clara en sus movimientos y cuando me dejó en boxers, le cogí las manos, deteniéndola. Ella me ojeó en protesta, y la guíe para que me acariciara por encima de la tela mientras usaba mi mano libre para tomarla del mentón.

— Abre la boca.

Ella sonrió y obedeció, enterré mi pulgar en la humedad de su boca y ella no dudó en chuparlo con deseo. Y mi control se agrietó, alejé mi dedo de ella y la agarré del pelo mientras usaba la otra mano para liberarme y hundirme en su boca en una sola estocada.

Lexei jadeó, pero lo recibió con todas las ganas, moviéndose y succionando desesperadamente. Emití un gruñido y apreté el agarré sobre su pelo para guiarla, más rápido, más brusco.

Eché la cabeza hacia atrás, la calidez de su boca y el roce me estaban enloqueciendo, cerré los ojos y murmuré una maldición.

Aflojé el agarre porque quería darle la libertad de alejarse o tomar aire si lo necesitaba, pero ella me sorprendió continuando y profundizando aún más. Por unos segundos, eso me hizo preguntarme ¿dónde había aprendido a hacerlo tan bien? Era virgen.

Aparté esos pensamientos porque ahora era mía, no importa quienes fueron en su pasado, lo que importaba era el ahora y el hecho de que ella era mía en esos momentos y toda la vida si fuera posible, no le pertenecía a nadie más, sino a mi y solo a mí.

Lexei levantó la mirada mientras pasaba la lengua de arriba y abajo y me puso aún más duro.

Esos ojos grises, observándome mientras lamía e intentaba metérselo todo en la boca era increíblemente estimulante.

Aparté su cara de mi porque si seguía a ese ritmo, esto se iba a terminar más rápido de lo esperado.

La jalé del brazo para que se levantara y la besé con pasión, su lengua encontrándose con la mía, le quité las bragas entre besos húmedos y sexuales. Luego, la guíe hacia la pared y la giré para que quedara de espaldas a mi.

Mis manos subiendo a sus pechos desnudos, gemidos escaparon sus labios mientras tomaba esos puntos sensibles de sus pechos entre mi pulgar y mi índice. Presioné mi miembro contra su trasero y ya era capaz de sentir lo mojada y caliente que ya estaba su entrepierna.

— Agárrate de la pared.
— Estás muy mandón.
— Como si eso no te excitara.— le acusé mientras mis dedos indagaban la humedad entre sus piernas, seguí tocando sus pechos con una mano mientras la masturbaba con la otra, me acerqué a su oído.
— No pensé que tenerme en tu boca te mojaría de esta forma.

Ella me miró por encima de su hombro y una sonrisa culpable cubrió sus labios. Ella arqueó su espalda, sosteniéndose de la pared y separó las piernas para darme más acceso.

— Quiero sentirte.— suplicó sin aliento.

Sus piernas se estremecieron y le escuché suplicar.

Lex gimió mi nombre con agonía y deseo, sus piernas temblando, su zona palpitando contra mi mano. Cada estremecida, cada jadeo, cada súplica me ponía más y más duro y sentí que explotaría, Lex era un maldito detonante para mí, mi puta obsesión de quererla para mi sin amarla. Nuestras respiraciones eran pesadas y audibles en el silencio que nos rodeaba. Rocé su humedad con la punta de mi erección y ella se movió hacia atrás casi metiéndoselo ella sola.

Su mirada brillaba con deseo, sus labios hinchados y la calidez que emanaba de su cuerpo eran deslumbrantes.

El contraste con la chica que ella fingía ser frente todos y la maldita maniática sexual frente a mi en estos momentos me dejaba perplejo y me volvía loco.

Ella se giró y se agarró de la pared quedando de espaldas, lista para mi.

Me acerqué con lentitud, pasé la mano por la línea de su espalda hasta que apreté sus nalgas con rudeza antes de soltarle una nalgada. Lex jadeó en sorpresa y se echó hacia atrás, rozando mi erección.

— Fóllame duro, ¡ya!.

Quería hacerla sufrir un poco más, pero ella se movió y parte de mi entró en ella y perdí todo sentido de la cordura, de la lógica, de necesidad de torturarla. Lo caliente de su humedad y el roce me enloquecieron y me enterré en ella de golpe, haciéndola chillar en placer.

Me agarré de sus caderas y empecé a moverme, dentro, fuera, rápido hasta que el sonido del choque de nuestros cuerpos y nuestros gemidos era todo lo que se escuchaba a nuestro alrededor.

No podía dejar de observar su cuerpo, como cada sacudida estremecía cada parte de ella. Le solté una nalgada y luego otra disfrutando como su piel se enrojecía mientras me la follaba duro como había querido hacerlo desde hace una hora atrás.

— ¡Anker!.— gimió mi nombre una y otra vez y cada vez que lo hacía yo aceleraba mis movimientos.

Ella estaba tan mojada que la sensación era extraordinaria, en una estocada profunda me quedé muy quieto por unos segundos, solo disfrutando. Ella me miró por encima de su hombro, se mordió los labios y comenzó a menearse en círculos.

Maldije y bajé la mirada para observarlo todo.

Una vista sexual y excitante. Quería que ella también lo viera y quería ver su cara cuando llegara al orgasmo así que salí de ella. Lex jadeó y se enderezó. La giré, tomé su rostro y la besé con deseo, mi erección rozando su estómago.

La tiré en la cama. Me fui encima de ella.

— Pon tus piernas a mi alrededor.— susurré sobre sus labios. Ella lo hizo rápidamente y me deslicé dentro de ella de nuevo, sintiendo como cada parte cálida de su interior me envolvía.

Lex bajó la mirada, observando con lujuria el punto donde nuestros cuerpos se unían.

— Me gusta mucho como se ve esto, Blate.— admitió entre gemidos.
— ¿Si? ¿Te encanta que te folle?.— susurré y me incliné para besarla, mi lengua explorando su boca, ahogando sus jadeos.

La empujé, presionándola contra la cama con cada empujada. Sus pechos saltaban con cada movimiento y pude sentir como se calentaba su interior y se mojaba aun más, estaba cerca del orgasmo así que me moví con rapidez, dentro, fuera, dentro profundo hasta que ella enloqueció en mis brazos, se estremeció y gimió mi nombre una y otra vez. Sentí como algo presionó mi miembro, cada vez se sentía más socado.

Me enfoqué en estocadas profundas hasta que terminé dentro de ella y exhalé un jadeo de satisfacción.

Me acosté con ella encima de mi, pero ella se quitó y quedó a mi lado acostada sobre su espalda, nuestras respiraciones tan aceleradas que se escuchaban más que la madera de la chimenea o cualquier otra cosa.

Me quedé mirando el techo mientras esperaba que mi corazón recobrara su latido regular. Giré la cabeza para mirar a la chica a mi lado y sus ojos miraban un punto fijo en el techo, completamente perdidos en pensamientos.

Definitivamente estaba perdido, en su cuerpo, en sus gemidos, en su corazón, en todo.

— Eso fue, increíble.— susurró, cansada.
— No te amo, pero te deseo.— susurré también.
— ¿De nuevo?.— me preguntó, atrevida, sucia...

¿Qué había creado?

Ahora tenía una loca sexual y...

Me gustaba.

La piel sudada brincando encima de mi es tan exquisita. El vaivén de su cadera en mi miembro me enloquece a tal punto que mi cabeza es un lío imposible de comprender.

No la amo, la deseo y es tan importante para mi como ella no tiene idea. Pero el sentimentalismo la ciega. Nosotros no podemos ser de esas parejas que van a restaurantes caros a lucirse, o de esas parejas que van a las cenas navideñas. Nosotros somos sexo, pasión y éxtasis de ricura y delicia.

Sin importar qué; siempre volvemos a devorarnos y a decirnos a la cara cuánto nos gustamos y encantamos. Los gemidos que salen de su boca y los quejidos al escucharla maldecir mi nombre mientras las estocadas contra sus nalgas son cada vez más fuertes, es música para mis oídos y encanto para el alma. Es una puta diosa sexual que con sexo me amarra, es como querer detener el tiempo y tenerla encima, abajo y en cuatro. Para destrozarle las putas nalgas de sexo duro y darle a entender que es mía.

***

Narrado por Lexei

Mis ojos se acostumbran a la luz que ejerce la ventana. Mis párpados están pesados pero logro abrirlos. Me doy cuenta de lo sucedido, un dolor en mi pecho persiste y la culpa me come por dentro.

¿Cómo pude hacerle eso?.

Él ha dado todo por mi y yo, lo he traicionado.

— Anker. — Tocó su espalda desnuda con la punta de mis dedos. — Anker… — Las lágrimas empiezan a brotar. — ¡Levántate joder!. — Lo empujo.
— ¿Qué mierda quieres?. — Responde enojado y se voltea.
— ¿Por qué dejaste que yo hiciera esto?. Anker… — Le pregunto, como si el tuviera la respuesta.

— ¿Hacer qué?. Deja de ser tan payasa. Te follé, no es nada en especial.— Dice brusco, grosero. Un disparo dolía menos. Para mí era la primera vez y para él no fue más que sólo sexo.

— Klaus… él no se merecía esto.

— Eso no decías ayer mientras brincabas en mi polla.— Idiota, idiota, me equivoqué al verlo de linda manera.

— ¿En serio?. Maldita sea, eres un asco de persona.

— ¿Y?. ¿A dónde quieres llegar, Lex?

— Deja de pensar solo en ti, no puedes seguir ocasionándole daño a las personas. Todos sentimos, Anker. Yo siento, y no tienes una maldita idea de lo que me dueles. No es lindo llorarte todos los malditos días y que a ti te valga una mierda. No es lindo amar a un ser como tú.

— Nadie te dijo que lo hicieras. No es algo que necesito.

— ¿Sabes qué?.— Mis párpados están cansados.— No tienes idea cuanto me arrepiento de haber empezado amarte.

Tomo mis cosas y la poca dignidad que tengo y me voy, salgo de ahí a toda prisa mientras mi rostro es un mar de lágrimas. Necesito a Abb ahora, lo necesito más que nunca.

Corro a la casa de los Blate en busca de Abb, pero solo topó con Abby que me informa que salió. Corro lo más que puedo en busca de él, no sé dónde carajos está pero un cuerpo detiene mi paso al chocar bruscamente con el.

Klaus.

No.

No.

No lo puedo mirar a los ojos, sin embargo abraza mi cintura y deposita un beso en mi frente.

— Apareciste pequeña traviesa.— Levanta mi rostro con su mano y se
contorsiona al ver mis ojos hinchados.— ¿Qué sucede?.

¿Cómo le explico que amo a Anker?

¿Cómo le explico que me acosté con Anker?

¿Cómo le explico que él me encanta pero que mi corazón es de Anker?.

No lo miro, me suelto de su agarre y sigo corriendo en busca de Abb,
mientras que gritos llamando por mi nombre son escuchados atrás, no
me detengo.

Cuando al fin perdí a Klaus. Choqué con otra persona. Beniamín.

— Te necesito.— Ben al verme se asusta, me toma las manos y nos
  sumergimos en su casa.
— ¿Qué pasa?. Me estas asustando.
— No encuentro a Abb. Después de Abbleigth eres la segunda
  persona en la que confío y necesito que me escuches.
— Bien. Habla. Cariño, estoy para ti.— toca mis manos al sentarse y
  me siento en confianza.
— Traicioné a Klaus. Yo…no sé qué me pasó yo …— sigo llorando
  como una Magdalena y Beniamín solo me abraza.
— No soy nadie para decirte esto, de hecho no debería hacerlo pero
  yo lo vi venir. Tratas de cubrir el vacío que te dejó Jack con él y no
  puedes hacer eso Lex…
— No es Jack…— Beniamín abre su boca para hablar pero la vuelve a
  cerrar.— Ojalá fuera él pero…
— Anker.— Suelta de golpe como si lo supiera. Arqueo una ceja
  confundida y ella me aprieta levemente las manos. Mi cabeza hace
  click en recuerdos…
— Es él…— Digo, Beniamín me mira.— Es él a quien amas y por el
  cuál rechazaste tantas veces a Abb.— Ella suelta un suspiro.— Yo
  no lo sabía…créeme que si yo…

— Lex.— Me interrumpe.— No pidas perdón por tus sentimientos, ambas sentimos lo mismo por una persona que no nos merece. No lo sabías y yo pensaba que tu corazón le estaba perteneciendo a Klaus. Tú y él son tan…

— Ben no sigas.— La detengo.— Ya me siento lo suficientemente mierda como para que me recuerdes que he estado fingiendo entonces.— Ben abre sus brazos y yo los tomo en un profundo abrazo.

— Debes decirle. Porque si no lo haces tú, Anker se lo dirá de una manera muy hiriente para demostrarle quién es el macho alfa.— tiene razón.

Anker es un hijo de puta que encontrará la manera de lastimarlo, de decirle que él si pudo conmigo. Desgraciadamente fue así.

Beniamín me acompaña hacia la casa 777, dónde le pedí a Klaus que estuviera para desenmascarar mi rostro.

Él está sentado en una silla de madera, nos ve llegar y sonríe. Pero yo no puedo ser más hipócrita y de una vez, suelto aquello que he tenido atorado.

— Me acosté con Anker.

Su rostro se contorsiona, un destello cruza sus ojos y me mira fijamente, tan profundo que sus ojos grises me paralizan.

— ¿Te costó tanto fingir toda esta fachada?.— Ríe, irónicamente y con una pizca de dolor en su tono.— ¿Te costó tanto decirme "Te amo" a mí mientras te acostabas con otro?. ¿Al menos tienes corazón, Lexei?. Confíe en ti. Te defendí frente a muchas personas, y mira ahora,— Sus ojos empiezan a humedecerse.— terminaste siendo todo eso que me advirtieron.

— Klaus yo…— Me interrumpe levantándose de la silla. Me intento acercar para explicarle pero…

— No me toques. Es mejor que desaparezcas de mi vista.

— Klaus.— Beniamín intenta acercarse a él pero la esquiva y sale por la puerta, dejándome con un nudo en la garganta.— Él no se merecía esto.

EPISODIO 16

Creador original.

Narrado por Klaus.

A veces pensaba que todas las personas eran como yo, buenas. No es que me la tire de excelente ser humano pero, siempre trato de dar lo mejor de mi porque nadie merece una versión mala y desmejorada de mí. Luego llega una persona a demostrarme y decirme en mi propia cara que ser bueno no es bueno.

A lo largo de mi vida, sufrí. Desde mi infancia, viendo cómo la persona que más me amaba era la que más me lastimaba. Cansado de eso, decidí volver a confiar, abrirme al amor y pensar que podía ser diferente, pensar que podía llegar amar y que alguien podría amarme con la misma intensidad que yo pero me equivoqué. Fue un error confiar, fue un error creer que Lexei era diferente a mi madre.

Ambas me lastimaron, con diferente arma pero directo al corazón.

— Klaus…— La voz de Harkor al otro lado de la puerta llama mi atención.— Hermano sé que estás ahí, ábreme.— Me levanto de mala gana y abro la puerta.— Mierda.— Suelta al verme.— ¿Cuánto tienes de no bañarte?. Apestas a alcohol y vómito.— Se tapa su nariz y me empuja dentro de la habitación.— Vamos

hermano tienes que salir. No puedes seguir aquí queriéndote morir de esta manera.
— Déjame en paz.— El alcohol en mi sistema me hace arrastrar las palabras.
— Estás ebrio. Ven.— Me toma del brazo y me jala no sé a dónde, mi cabeza me duele. Todo me marea. Comienza a despojar mi ropa y me deja sin nada.
— Pervertido. Si querías ver mi miembro debiste pedirlo.— Suelto riendo y Harkor me da una mala mirada.
— Métete a esa tina.— Obedezco y comienza a bañarme.— Hueles a mucho alcohol. ¿Cuánto llevas tomando?.
— Las mujeres, todas son iguales Harkor.— Le digo, con mi lengua más trabada que quien sabe qué.— Por eso, el malo del cuento seré yo.
— No podemos seguir jodiendo a todo el que nos quiera.
— Ella me jodió a mí.
— ¿Eso te da al derecho de joder a alguien que sí te quiere?. Joder hermano, deja de decir estupideces.
— Pero por culpa de ella será mi nueva versión.
— No, lo que pasa contigo es que eres un imbécil inmaduro.— Echo a reír, me está dando una lección.
— Ella es la inmadura. ¿Para qué estaba conmigo si quería a Anker?.

Harkor me da una mirada de pena y me ayuda a vestirme.

Me extiende una aspirina, limpia mi habitación y acomoda mi cama. Me acuesta en ella y me acobija.

— Me quedaré aquí contigo, cuidando que no vayas a acabarte más el alcohol del mini bar.
— Bien. Descansa pequeño friki.

Harkor suelta una pequeña risa y el sueño me vence.

Narrado por Lexei.

Estoy un poco alterada, sólo el hecho de saber que Klaus está mal mi vista se nubla. Yo fui capaz de hacerle tanto daño a un ser que solo me estaba amando.

— Ray, Ray, Ray. ¿Qué se siente ser una hija de puta?.— Fretheis entra a la casa, con su típica cara de amargada. El rumor se esparció entre los Hazard y todos me señalan.
— Déjala tranquila.— Abbleigth habla por mi y ella solo suelta una risa sarcástica. Anker no se ha dejado ver desde que pasó lo que pasó entre nosotros.
— Falta Harkor, Klaus y.
— El innombrable.— Fretheis interrumpe a Beniamín.
— Basta. Lexei cometió un error pero no es justo que la sigan señalando.— Jack me defiende.
— ¿Pero si es justo que dejará a Klaus en depresión?. Él la amaba.— Ataca Fretheis y yo solo quiero salir corriendo de aquí.
— Chicos basta.— Harkor habla y busco a Klaus con mi mirada. Está tras él con su vista al suelo.— No venimos a recriminar a nadie. Vinimos a escuchar a Fretheis, Klaus y Lexei.

La puerta se abre de golpe, con su típica entrada llamadora de atención, llena de superioridad y con una sonrisa de oreja a oreja. Anker cruza, mascando chicle, viene con su gorro negro y una camiseta de tirantes.

— Ya pueden empezar.— Dice Jack.
— ¿Ya dejaste de llorar? Maricón.— Anker se dirige a Klaus, y a mi me sube la cólera a las orejas.
— ¡Déjalo en paz!..— Le exijo levantándome de la silla con los puños cerrados.

— No te metas. Usted es la única culpable de todo esto. — Fretheis sigue atacándome.
— ¡Basta!. — Habla Klaus. — Estamos aquí porque Klet sigue unido a Blackforth, porque alteró las pastillas de Lexei.
— Ya lo sabía…

A todos nos sorprende la respuesta de Harkor. ¿Acaso fue cómplice?

CONTINUARÁ…